中国古典名著精华

汉魏六朝文

臧励和 选注

刘枫 主编

黄河出版传媒集团
阳光出版社

图书在版编目（CIP）数据

汉魏六朝文 / 刘枫主编 .—— 银川：阳光
出版社，2016.9（2022.05重印）
（中国古典名著精华）
ISBN 978-7-5525-2986-9

Ⅰ.①汉… Ⅱ.①刘… Ⅲ.①中国文学 – 古典文
学 – 作品综合集 – 汉代②中国文学 – 古典文学 – 作品综
合集 – 魏晋南北朝时代 Ⅳ.① I213.401 ② I213.51

中国版本图书馆 CIP 数据核字 (2016) 第 221485 号

中国古典名著精华　汉魏六朝文　　　　臧励和　选注　刘枫　主编

责任编辑　贾　莉
封面设计　瑞知堂文化
责任印制　岳建宁

黄河出版传媒集团
阳　光　出　版　社　出版发行

地　　址　宁夏银川市北京东路139号出版大厦（750001）
网　　址　http://www.ygchbs.com
网上书店　http://shop129132959.taobao.com
电子信箱　yangguangchubanshe@163.com
邮购电话　0951-5047283
经　　销　全国新华书店
印刷装订　天津兴湘印务有限公司
印刷委托书号　（宁）0020192

开　　本　710 mm×1000 mm　1/16
印　　张　11
字　　数　132千字
版　　次　2016年11月第1版
印　　次　2022年5月第2次印刷
书　　号　ISBN 978-7-5525-2986-9
定　　价　27.80元

汉魏六朝文

目　　录

卷一　精读篇目

中国古典名著精华

卷三　汉魏六朝文论选读

汉魏六朝文

卷一 精读篇目

过秦论

贾 谊

【原文】

秦孝公据崤函之固,拥雍州之地,君臣固守,以窥周室,有席卷天下、包举宇内、囊括四海之意,并吞八荒之心。当是时也,商君佐之,内立法度,务耕织,修守战之具;外连衡而斗诸侯。于是秦人拱手而取西河之外。

孝公既没,惠文、武、昭襄王蒙故业,因遗策,南取汉中,西举巴、蜀,东割膏腴之地,北收要害之郡。诸侯恐惧,同盟而谋弱秦,不爱珍器重宝、肥饶之地,以致天下之士,合从缔交,相与为一。当此之时,齐有孟尝,赵有平原,楚有春申,魏有信陵。此四君者,皆明智而忠信,宽厚而爱人,尊贤重士,约从离衡,兼韩、魏、燕、楚、齐、赵、宋、卫、中山之众。于是六国之士,有宁越、徐尚、苏秦、杜赫之属为之谋,齐明、周最、陈轸、召滑、楼缓、翟景、苏厉、乐毅之属通其意,吴起、孙膑、带佗、倪良、王廖、田忌、廉颇、赵奢之朋制其兵。尝以什倍之地,百万之众,仰关而攻秦,秦人开关延敌,九国之师逡巡而不敢进。秦无亡矢遗镞之费,而天下诸侯已困矣。于是从散约解,争割地而赂秦,秦有余力而制其弊,追亡逐北,伏尸百万,流血漂橹,因利乘便,宰割天下,分裂山河。强国请伏,弱国入朝。施及孝文王、庄襄王,享国日浅,国家无事。及至始皇,奋六世之余烈,振长策而御宇内,吞二周而亡诸侯,履至尊而制六合,执搞朴以鞭笞天下,威振四海。南取百粤之地,以为桂林、象郡;百粤之君,俯首系颈,委命下吏。及使蒙恬北筑长城而守藩篱,却匈奴七百余里,胡人不敢南下而牧马，士不敢弯弓而报怨。于是废先王之道，燔百家之言，以愚黔首。堕名城，杀豪俊，收天下之兵，聚之咸阳，销锋镝，铸以为金人十二，以弱天下之民。然后践华为城，因河为池，据亿丈之高，临百尺之渊以为固。良将劲弩，守要害之处；信臣精卒，陈利兵而谁何！天下已定，始皇之心，自以为关中之固，金城千里，子孙帝王万世之业也。

始皇既没，余威振于殊俗。然而陈涉，瓮牖绳枢之子，氓隶之人，而迁徙之徒也。材能不及中人，非有仲尼、墨翟之贤，陶朱、猗顿之富。蹑足行伍之间，俛起阡陌之中，率疲弊之卒，将数百之众，转而攻秦。斩木为兵，揭竿为旗，天下云合响应，赢粮而景从，山东豪杰并起而亡秦族矣。且夫天下非小弱也，雍州之地、崤函之固自若也。陈涉之位，非尊于齐、燕、韩、赵、魏、宋、卫、中山之君也；锄耰棘矜，不敌于钩戟长铩也；谪戍之众，非抗九国之师也；深谋远虑，行军用兵之道，非及曩时之士也。然而成败异变，功业相反也。试使山东之国与陈涉度长絜大，比权量力，则不可同年而语矣。然秦以区区之地致万乘之势，序八州而朝同列，百有余年矣。

然后以六合为家，崤函为宫。一夫作难而七庙堕，身死人手，为天下笑者，何也？仁义不施，而攻守之势异也。

【译文】

秦孝公凭借着殽山和函谷关的天险，拥有雍州的地方，君臣牢固地守卫着，暗地里盘算夺取周王朝的政权，有征服天下、统一中国、控制四海的企图，并吞八方的雄心。在这个时候，商君辅佐他，国内建立了法规制度，专力发展农耕纺织，修造防守和进攻的武器；对外推行连横的策略，使六国互相争斗。于是，秦国轻而易举地取得了西河以外的大片土地。

孝公死了，惠文王、武王、昭襄王，承受了原来的基业，继续奉行孝公的策略，南进占领了汉中，西进攻取了巴蜀，东进割据了肥沃的田地，北进征服了险要的郡县。六国的诸侯都恐慌害怕起来，开会结盟，想办法削弱秦国。他们不惜金玉财宝和富饶的土地，用来招请天下的贤士，联合缔结条约，互相连成一体。当这个时候，齐国有孟尝君，赵国有平原君，楚国有春申君，魏国有信陵君。这四君，都是办事明智又讲求忠信，为人宽厚又爱护别人、尊敬而又大胆使用贤士的人。他们相约"合纵"，拆散"连横"，聚合了韩、魏、燕、赵、宋、卫和中山等国的全部力量。这时，六国的贤能人士，有宁越、徐尚、苏秦、杜赫这一类人给他们出谋划策，齐明、周最、陈轸、召滑、楼缓、翟景、苏厉、乐毅这班人沟通各国的意见，吴起、孙膑、带佗、倪良、王廖、田忌、廉颇、赵奢这批人统率各国的军队。他们曾经用十倍于秦的土地，上百万的大军，去攻打函谷关进攻秦国。秦国人敞开关门迎击，九国的大军，退却逃跑，不敢前进。秦国没有丢掉一支箭、损失一个箭头的消耗，可是天下的诸侯已经困苦不堪了。于是合纵阵线拆散，抗秦联盟瓦解，大家抢着割让土地去讨好秦国。这就让秦国有余力去控制他们的弱点，追杀败退逃跑的军队，一路上躺着上百万的尸首，流的血多得把大盾牌也浮了起来。它凭借着有利的形势，趁着适宜的时机，像割肉那样，一块一块地侵占各国领土，把诸侯搞得四分五裂，这样，强国请求归服，弱国赶来朝拜。传到孝文王和庄襄王，他们在位的日子短，国家没有发生什么重大的事。等到了秦始皇的时候，他发扬了六代祖先遗留下来的功业，挥动长鞭子驾驭全中国，吞并了西、东二周，灭亡了六国诸侯，登上了皇帝宝座，统一了天下，拿着棍棒来驱使、鞭打天下，威势震动四海。他又在南方夺取了百越的地方，改设为桂林郡和象郡，百越的君主低着头，脖子上系着绳子，把性命交给秦国的下级官吏摆布。秦又派蒙恬在北方筑长城，固守边境，把匈奴赶退了七百多里。匈奴人不敢南下放牧战马，六国的勇士也不敢张弓来报仇怨。于是他废除了先王治国之道，烧毁了诸子百家的书籍，用来愚昧百姓。拆毁著名的城池，杀掉原来六国的豪杰，没收天下的兵器聚集到咸阳，熔化刀箭，铸成十二个金人，用这办法削弱天下的百姓，然后把华山当作城墙，拿黄河当作护城壕，据守着高峻的城楼，面临深急的河水，以为这样天下就很坚固了。优秀的将领和强劲的弓弩，把守着要害的地方，可靠的臣子和精锐的兵卒，摆出锋利的武器，有谁敢如何！这时天下已经平定，秦始皇的心中，自己也认为关中这样的坚固，又有铜墙铁壁般的城防千里相连，这是子子孙孙称帝为王的永久基业啊！

秦始皇死后，遗留下来的威风仍然震动着边远的地区。然而，陈涉不过是一个贫寒人家的儿子，地位卑贱，被征发去守卫边境的士兵。论才能赶不上普通的人，不是有孔子、墨子的德行，陶朱、猗顿的富有。他杂在戍边队伍的中间，突然从田野里发难起事，率领疲困不堪的士卒，带着几百个人的队伍，调转头来进攻秦军。他们砍来木棍作为兵器，举起竹竿当作旗帜，天下百姓结队成群，纷纷响应，自己带着粮食，像影子似的跟随着他，山东的豪杰志士，于是同时起事把秦王朝灭亡了。

说到秦朝的天下，比以前并没有小，并没有弱，雍州这块地方和殽山、函谷关的天险，都还像过去一样。陈涉的地位，并不比齐、楚、燕、赵、韩、魏、宋、卫、中山国君尊贵；锄头木棒，并不比刀剑戟矛锋利；这些被征调去戍边的人，根本无法和九国的军队比较；深谋远虑，行军打仗的办法，也不如从前那些谋士勇将。然而，成功和失败起了变化，强大的秦王朝反而溃败，卑弱的陈涉反而建立了功业。假使叫山东六国诸侯跟陈涉度量长短，大小，比较权势，力量，那就不能相提并论了。秦国靠雍州那块小小的地方，求取帝王的权力，招引其他八州并使地位相同的诸侯朝拜，经过了一百多年，然后才把天下变为一家，把殽山、函谷关变成内官，可是一个普通的人发难反抗，王朝就被灭亡，皇子皇孙都死在别人手里，成为天下的笑柄。这是什么原因呢？因为不施行仁义，所以攻守的形势不同了啊！

张衡传

范 晔

【原文】

张衡,字平子,南阳西鄂人也。衡少善属文。游于三辅,因入京师,观太学,遂通五经,贯六艺。虽才高于世,而无骄尚之情。常从容淡静,不好交接俗人。永元中,举孝廉,不行;连辟公府,不就。时天下承平日久,自王侯以下莫不逾侈。衡乃拟班固《两都》,作《二京赋》,因以讽谏,精思傅会,十年乃成。大将军邓骘奇其才,累召不应。

衡善机巧,尤致思于天文阴阳历算。安帝雅闻衡善术学,公车特征拜郎中,再迁为太史令。遂乃研阴阳,妙尽机之正,作浑天仪,著《灵宪》《算罔论》,言甚详明。

顺帝初,再转复为太史令。衡不慕当世,所居之官,辄积年不徙。自去史职,五载复还。

阳嘉元年,复造候风地动仪,以精铜铸成,员径八尺,合盖隆起,形似酒尊,饰以篆文、山龟鸟兽之形。中有都柱,傍行八道,施关发机,外有八龙,首衔铜丸,下有蟾蜍,张口承之机巧制,皆隐在尊中,覆盖周密无际。如有地动,尊则振龙,机发吐丸,而蟾蜍衔之。振声激扬,伺者因此觉知。虽一龙发机,而七首不动,寻其方面,乃知震之所在。验之以事,合契若神。自书典所记,未之有也。尝一龙机发而地不觉动,京师学者咸怪其无征。后数日驿至,果地震陇西。于是皆服其妙。自此以后,乃令史官记地动所从方起。

时政事渐损,权移于下,衡因上疏陈事。后迁侍中,帝引在帷幄,讽议左右。尝问衡天下所疾恶者。宦官惧其毁己,皆共目之。衡乃诡对而出。阉竖恐终为其患,遂共谗之。衡常思图身之事,以为吉凶倚伏,幽微难明。乃作《思玄赋》以宣寄情志。

永和初,出为河间相。时国王骄奢,不遵典宪,又多豪右,共为不轨衡下车,治威严,整法度。阴知奸党名姓,一时收禽,上下肃然,称为政理。视事三年,上书乞骸骨,征拜尚书。年六十二,永和四年卒。

著《周官训诂》,崔瑗以为不能有异于诸儒也。又欲继孔子《易》说《彖》《象》残缺者,竟不能就。所著诗、赋、铭、七言、《灵宪》《应间》《七辩》《巡诰》《悬图》,凡三十二篇。

【译文】

张衡,字平子,是南阳郡西鄂县人。张衡年轻时就善于写文章,到西汉故都长安及其附近地区考察、学习,并趁此机会前往京城洛阳,到太学观光、学习,于是通晓了五经、六艺。虽然才学高出当时一般人,却没有骄傲自大的情绪。(他)总是从容不迫,淡泊宁静,不爱和庸俗的人们往来。(汉和帝)永元年间,被推荐为孝廉,没有去应荐;三公官署屡次召请去任职(他)也不去应召。当时社会长期太平无事,从王侯直到下边的官吏,没有谁不过度奢侈的。张衡就仿照班固的《两都赋》写了一篇《二京赋》,用来讽喻规劝。精心地构思写作,(经过)十年才完成。大将军邓骘认为他是奇才,多次召请,(他)也不去应召。

张衡擅长机械方面制造的技巧,尤其专心研究天文、气象、岁时节候的推算。汉安帝常听说张衡精通天文、历法等术数方面的学问,就派官府专车,特地召请(张衡)任命他为郎中,后又升为太史令。于是他研究、考察了自然界的变化,精妙透彻地掌握了测天仪器的原理,制造了浑天仪,写了《灵宪》《算罔论》等关于历法、数学方面的论著,论述十分详尽明白。

(汉)顺帝初年,(张衡)又被调回重当太史令。他不慕高官厚禄,所担任的官职,常常多年得不到提升。从离开太史令职务,五年后又恢复原职。

　　(顺帝)阳嘉元年,(张衡)又制造了候风地动仪。是用纯铜铸造的,直径有八尺,盖子中央凸起,样子像个大酒樽。外面用篆体文字和山、龟、鸟、兽的图案装饰,内部中央有根粗大的铜柱,铜柱周围伸出八条滑道,(还)装置着枢纽,(用来)拨动机件。外面有八条铜龙,龙口各含一枚铜丸,(龙头)下面各有一个蛤蟆,张着嘴巴,准备接住龙口吐出的铜丸,仪器的枢纽和机件制造的巧妙,都隐藏在酒樽形的仪器中,覆盖严密得没有一点缝隙。如果发生地震,仪器外面的龙就震动起来,机关发动,龙口吐出铜丸,下面的蛤蟆就把它接住。(铜丸)震击的声音清脆响亮,守候仪器的人因此知道发生了地震。(地震发生时)虽然只有一条龙的机关发动,另外七个龙头丝毫不动,寻找它的方向,就能知道地震的地方。用实际发生的地震来检验仪器,彼此完全相符,真是灵验如神。从古籍的记载中,还看不到这样的仪器。曾有一次,一条龙的机关发动了,可是(洛阳)并没有感到地震,京城里的学者都惊异地动仪这次怎么不灵验了。几天后,驿站上传送文书的人来了,证明果然在陇西地区发生了地震,于是全都叹服地动仪的巧妙。从此以后,(朝廷)就责成史官根据地动仪,记载每次地震发生的方位。

　　当时政治越来越腐败,大权落到了宦官手里,张衡于是给皇帝上疏陈述政事,提出关于政事的意见。

　　后来张衡升任侍中,顺帝任用他入宫廷,在自己左右对国家的政事提出意见。顺帝曾经询问张衡天下所痛恨的人。宦官们害怕他说自己的坏话,都用眼睛瞪着他,张衡便用一些不易捉摸的话回答出来了。这些阉人竖子还是担心张衡终究会成为他们的祸害,于是就群起而毁诽张衡。

　　张衡也常考虑自身安全的事,认为祸福相因,幽深微妙,难以知道。于是作《思玄赋》来抒发和寄托自己的感情志趣。

　　(顺帝)永和初年,张衡被调出京城,去当河间王刘政的相国。当时河间王骄横奢侈,不遵守法令制度;(河间地区)又有很多豪门大户,和刘政一道胡作非为,张衡一到任就树立威信,整顿法制,暗中探知一些奸党分子的姓名,一下子全都抓起来,官民上下都很敬畏,赞颂河间地区政治清明。张衡治理河间政务三年后,就向朝廷上书,请求辞职告老还乡,朝廷却把他调回京城,任命为尚书。(张衡)活到六十二岁,永和四年与世长辞。

他所著《周官训诂》,崔瑗认为与其他儒生的说解没有区别。又想继承孔丘研究《易经》的《彖》《象》等篇的残缺部分,但终于没有完成。所著的诗、赋、铭、七言、《灵宪》《应闲》《七辩》《巡诰》《悬图》共三十二篇。

论贵粟疏

晁 错

【原文】

圣王在上而民不冻饥者，非能耕而食之，织而衣之也为开其资财之道也。故尧、禹有九年之水，汤有七年之旱，而国无捐瘠者，以畜积多而备先具也。

今海内为一，土地人民之众不避禹、汤，加以亡天灾数年之水旱，而畜积未及者，何也？地有馀利，民有馀力，生谷之土未尽垦，山泽之利未尽出也，游食之民未尽归农也。民贫，则奸邪生贫生于不足，不足生于不农，不农则不地著，不地著则离乡轻家。民如鸟兽，虽有高城深池，严法重刑，犹不能禁也。夫寒之于衣，不待轻暖；饥之于食，不待甘旨；饥寒至身，不顾廉耻人情，一日不再食则饥，终岁不制衣则寒。夫腹饥不得食，肤寒不得衣虽慈母不能保其子，君安能以有其民哉！明主知其然也，故务民于农桑薄赋敛，广畜积，以实仓廪，备水旱，故民可得而有也。民者，在上所以牧之，趋利如水走下，四方无择也。夫珠玉金银，饥不可食，寒不可衣，然而众贵之者，以上用之故也。其为物轻微易藏，在于把握，可以周海内而亡饥寒之患。此令臣轻背其主，而民易去其乡，盗贼有所劝，亡逃者得轻资也。粟米布帛，生于地，长于时，聚于力，非可一日成也。数石之重，中人弗胜，不为奸邪所利，一日弗得而饥寒至。是故明君贵五谷而贱金玉。今农夫五口之家，其服役者不下二人，其能耕者不过百亩，百亩之收不过百石。春耕夏耘，秋获冬藏，伐薪樵，治官府，给徭役；春不得避风尘，夏不得避暑热，秋不得避阴雨，冬不得避寒冻，四时之间无日休息又私自送往迎来，吊死问疾，养孤长幼在其中。勤苦如此,尚复被水旱之灾,急政暴虐,赋敛不时,朝令而暮改。当其有者半贾而卖,亡者取倍称之息,于是有卖田宅、鬻子孙以偿债者矣。而商贾大者积贮倍息,小者坐列贩卖,操其奇赢,日游都市,乘上之急,所卖必倍。故其男不耕耘,女不蚕织,衣必文采,食必粱肉,亡农夫之苦,有阡陌之得。因其富厚,交通王侯,力过吏势,以利相倾,千里游敖,冠盖相望,乘坚策肥,履丝曳缟。此商人所以兼并农人,农人所以流亡者也。今法律贱商人,商人已富贵矣尊农夫,农夫已贫贱矣。故俗之所贵,主之所贱也;吏之所卑,法之所尊也。上下相反,好恶乖迕,而欲国富法立,不可得也。方今之务,莫若使民务农而已矣。欲民务农,在于贵粟。贵粟之道在于使民以粟为赏罚。今募天下入粟县官,得以拜爵,得以除罪。如此富人有爵,农民有钱,粟有所渫入粟以受爵,皆有馀者也。取于有余,以供上用,则贫民之赋可损,所谓损有馀、补不足,令出而民利者也。顺于民心,所补者三:一曰主用足,二曰民赋少,三曰劝农功。今令民有车骑马一匹者,复卒三人。车骑者,天下武备也,故为复卒。神农之教曰:"有石城十仞,汤池百步,带甲百万,而亡粟,弗能守也。"

以是观之,粟者,王者大用,政之本务。令民入粟受爵至五大夫以上,乃复一人耳,此其与骑马之功相去远矣。爵者,上之所擅,出于口而无穷。粟者,民之所种,生于地而不乏。夫得高爵与免罪,人之所甚欲也。使天下人入粟于边,以受爵免罪,不过三岁,塞下之粟必多矣。

【译文】

贤明的君主在上面管理国家,老百姓之所以没有挨饿受冻,并不是他能种出粮食给老百姓吃,织出布帛给老百姓穿,而是他有能替老百姓开辟财源的办法。所以尧、禹的时候有过九年水灾,汤的时候有过七年旱灾,可是国家没有被遗弃和因为饥饿而瘦得不成样子的人,这是因为积蓄的粮食多,事先早有准备。

现在全国统一,土地和人口之多不亚于汤、禹的时候,加上没有几年的水旱灾害,可是粮食的积蓄却不如禹、汤的时候,是什么原因呢?是因为土地还有利用的潜力,老百姓中还有未被开发出来的劳动力,可以生长粮食的土地没有完全开垦出来,山林水泽的资源没有完全利用起来,社会上还有游手好闲,不劳而食的人,人民还没有全部去从事耕种。老百姓生活贫困,就会出现做坏事的。他们生活贫困是由于口粮不够,口粮不够是由于没有从事农业生产,不从事农业生产,便不会在农村安家,不在农村安家,便会轻易离开家乡。老百姓像鸟兽一样四处谋生,即使有高高的城墙,深深的护城河,严格的法律,很重的刑罚,还是不能禁止。人在寒冷的时候,不一定是轻暖的衣服才穿,人在饥饿的时候,不一定是美好的食物才吃,人在饥寒的时候,就不顾廉耻了,人们的常情是一天不吃两顿饭就会饥饿,一年到头不添做衣服就会受冻。肚子饿弄不到吃的,身子冷弄不到衣服穿,就是慈爱的母亲也不能保全她的孩子,君主又怎么能拥有百姓呢?英明的君主是懂得这个道理的。所以他使农民从事农业生产,减轻赋税,扩充积蓄,用来充实粮仓,防备水旱灾害,因此可以得到人民的拥护。老百姓的去留,在于君主如何管理。他们追逐利益如同水朝低处流一样,东南西北,不选择方向。珠宝、玉石、金银,饿了是不能吃的,冷了是不能当衣穿的,但是很多人都把它看得很珍贵,这是因为君主使用它的缘故。这些东西,作为财物,轻、小、容易收藏,可以放在手里拿着,走遍全国也不担心受冻挨饿。这样便使臣子轻易背叛君主,使老百姓轻易地离开他的家乡,使盗贼得到鼓励,使逃亡的人可以很轻便地带着生活费用。粟米布帛出产在地里,在一定的时候生长,积聚在一起,要依靠人力,不是一天可以完成的。这些几石重的东西,一般人拿不动,不是坏人所贪图的,但一天得不到它,饥寒就产生了,因此英明的君主重视五谷而把金玉看得很贱。

现在一个五口人的农民家庭,他家服役的人不会少于二人,他们能耕种的田不会超过一百亩,一百亩田收的粮食不会超过一百石。春天耕种,夏天耕耘,秋天收获,冬天收藏,砍柴火,修建官府的建筑物,服劳役;做这些事春不能躲避风沙尘土,夏不能躲避酷暑炎热,秋不能躲避阴雨,冬不能躲避寒冷冰冻，一年四季，没有休息的时候；又有个人的送往迎来，悼念死者、慰问病人，抚养孤儿、养育小孩等等费用都出在里面。像这样辛勤劳苦，还遭受水旱灾害和官府残酷的压榨，征收赋税没有一定的时候，早上发出命令，晚上就要得到钱粮。在准备纳税时，手头有粮的，就把粮半价卖出去，手头没有钱粮的只能出加倍的利息向人借钱完税。于是产生了靠卖田卖屋、卖子孙来还债的情况。可是大商人却囤积货物，追求加倍的利润，小商人开设店铺，贩卖货物，他们控制着稀有的货物和余财，天天在都市里走来走去，乘着政府急需的机会，加倍提高物价。所以他们男的不从事农业生产，女的不养蚕织布，但穿的总是华美的锦绣，吃的总是精美的食物，没有经历过农民种田的痛苦，却占有地里出的农产品。凭着财物很多，他们交接王侯，势力比官僚还大，相互争夺利益；还到处游玩，途中彼此能望见对方的帽子和车盖，他们乘着坚固的车子、赶着肥壮的马，脚穿丝鞋、身上拖着丝织的长衣，这就是商人兼并农民，农民流亡的原因。现在法律上轻视商人，可是商人已经富贵了；法律上尊重农民，可是农民已经处于贫困、卑贱的境地了。所以一般人所尊贵的，正是君主所轻视的商人；官吏所轻视的，正是法律上所尊重的农民。上下相反，喜欢和讨厌的态度相互抵触，这样希望国家富强、法制健全，是不能实现的。

现在的事情，没有什么事能比使老百姓从事农业生产更为重要的。要老百姓从事农业生产，在于重视粮食。重视粮食，就要在老百姓当中，采取把粮食作为奖赏和惩罚的手段。现在需要号召全国人民把粮食献给政府，使献粮的人能得到爵位，可以免去罪刑。这样，富人有了爵位，农民有了钱，粮食也分散了。能够献出粮食得到爵位的人，都是家有余粮的。从有余粮的人手中得到一些粮食，供政府使用，那贫穷农民的赋税就可以减少，这就是所谓损有余，补不足，命令一出，老百姓就会得到好处。这样符合老百姓的心愿，增加的好处有三点：一是政府需用的物资充足了，二是老百姓的田赋少了，三是鼓励人们从事农业生产。现在法令规定：老百姓有出一匹拉战车的马的，可以免除三人服兵役。车骑，这是国家的军备，所以给献它的人免除兵役。神农教导说："有十仞高的石头城墙，百步长的注满沸水的护城河，以及百万武装部队，可是没有粮食，还是不能守住。"

从这看得出来，粮食，是对于君王大有用途的东西，重视粮食是政事中根本性的大事。教老百姓交纳粮食，授予他五大夫以上的爵位，只不过免除一个人的兵役、劳役罢了。这出粮食和出战马相比，功用就相差太远了。爵位，是君主专有的东西，皇帝一开口，就可以没有穷尽地授给人爵位。粮食，是老百姓种出来的，出在地里也没有穷尽。而得到高的爵位和免除罪刑，是人们十分向往的事。让天下的人将粮食送到边地，用这来得到爵位、免除罪刑，不超过三年，边防地区的粮食就一定会多起来。

答苏武书

李 陵

【原文】

子卿足下：勤宣令德，策名清时，荣问休畅，幸甚，幸甚！

远托异国，昔人所悲，望风怀想，能不依依！昔者不遗，远辱还答，慰诲勤勤，有逾骨肉，陵虽不敏，能不慨然！

自从初降，以至今日，身之贫困，独坐愁苦。终日无睹，但见异类：韦韝毳幕，以御风雨；膻肉酪浆，以充饥渴；举目言笑，谁与为欢？胡地玄冰，边土惨裂，但闻悲风萧条之声；凉秋九月，塞外草衰，夜不能寐，侧耳远听，胡笳互动，牧马悲鸣，吟啸成群，边声四起。晨坐听之，不觉泪下嗟乎，子卿！陵独何心，能不悲哉！与子别后，益复无聊，上念老母，临年被戮，妻子无辜，并为鲸鲵。身负国恩，为世所悲，子归受荣，我留受辱，命也何如！身出礼义之乡，而入无知之俗，违弃君亲之恩，长为蛮夷之域，伤已！令先君之嗣，更成戎狄之族，又自悲矣！功大罪小，不蒙明察，孤负陵心区区之意。每一念至，忽然忘生。陵不难刺心以自明，刎颈以见志，顾国家于我已矣，杀身无益适足增羞，故每攘臂忍辱，辄复苟活。左右之人，见陵如此，以为不入耳之欢，来相劝勉，异方之乐，令人悲，增忉怛耳。

嗟乎，子卿！人之相知，贵相知心。前书仓卒未尽所怀，故复略而言之。昔先帝授陵步卒五千，出征绝域，五将失道，陵独遇战，而裹万里之粮，帅徒步之师，出天汉之外，入强胡之域，以五千之众，对十万之军，策疲乏之兵，当新羁之马。然犹斩将搴旗，追奔逐北，灭迹扫尘，斩其枭帅使三军之士视死如归。陵也不才，希当大任，意谓此时，功难堪矣。匈奴既败，举国兴师，更练精兵，强逾十万，单于临阵，亲自合围。客主之形，既不相如；步马之势，又甚悬绝。疲兵再战，一以当千，然犹扶乘创痛，决命争首。死伤积野，余不满百，而皆扶病，不任干戈。然陵振臂一呼，创病皆起，举刃指虏，胡马奔走；兵尽矢穷，人无尺铁，犹复徒首奋呼，争为先登。当此时也，天地为陵震怒，战士为陵饮血。单于谓陵不可复得，便欲引还，而贼臣教之，遂使复战，故陵不免耳。昔高皇帝以三十万众困于平城。当此之时，猛将如云，谋臣如雨，然犹七日不食，仅乃得免。况当陵者，岂易为力哉？而执事者云云，苟怨陵以不死。然陵不死，罪也。

子卿视陵，岂偷生之士而惜死之人哉？宁有背君亲、捐妻子、而反为利者乎？然陵不死，有所为也。故欲如前书之言，报恩于国主耳。诚以虚死不如立节，灭名不如报德也。昔范蠡不殉会稽之耻，曹沫不死三败之辱，卒复勾践之仇，报鲁国之羞。区区之心，窃慕此耳。何图志未立而怨已成，计未从而骨肉受刑。此陵所以仰天椎心而泣血也！足下又云："汉与功臣不薄。"子为汉臣，安得不云尔乎！昔萧、樊囚絷，韩、彭菹醢，晁错受戮，周、魏见辜；其余佐命立功之士，贾谊、亚夫之徒，皆信命世之才，抱将相之具，而受小人之谗，并受祸败之辱，卒使怀才受谤，能不得展，彼二子之遐举，谁不为之痛心哉！陵先将军，功略盖天地，义勇冠三军，徒失贵臣之意，到身绝域之表。此功臣义士所以负戟而长叹者也！何谓"不薄"哉？且足下昔以单车之使，适万乘之虏，遭时不遇，至于伏剑不顾，流离辛苦，几死朔北之野。丁年奉使，皓首而归，老母终堂，生妻去帷，此天下所希闻，古今所未有也。蛮貊之人尚犹嘉子之节，况为天下之主乎？陵谓足下当享茅土之荐，受千乘之赏，闻子之归，赐不过二百万，位不过典属国，无尺土之封，加子之勤；而妨功害能之臣尽为万户侯，亲戚贪佞之类悉为廊庙宰。子尚如此，陵复何望哉？且汉厚诛陵以不死，薄赏子以守节，欲使远听之臣望风驰命，此实难矣，所以每顾而不悔者也。陵虽孤恩，汉亦负德。昔人有言："虽忠不烈，视死如归。"陵诚能安，而主岂复能眷眷乎？男儿生以不成名，死则葬蛮夷中，谁复能屈身稽颡，还向北阙，使刀笔之吏弄其文墨耶！愿足下勿复望陵。

嗟乎，子卿！夫复何言？相去万里，人绝路殊，生为别世之人，死为异域之鬼，长与足下，生死辞矣。幸谢故人，勉事圣君。足下胤子无恙，勿以为念。努力自爱。时因北风，复惠德音。李陵顿首。

【译文】

子卿足下：

你努力发扬美德，在政治清明的时候建立功名，美好的名声传遍四方，真是太好了，太好了。

我远远地寄身外国，这是古人感到悲哀的事。我常远望故人，能不叫人依恋！从前蒙你不弃，从远方给我回信，尽力安慰我、教诲我，比对待骨肉亲人还要好，我李陵虽说无才，难道能不感慨！

自从投降匈奴，直到今天，身处穷困之中，独自坐着，忧愁痛苦，一天到晚没有什么好看的，只见到外族的人，穿着皮制臂套、住着氈帐来抵御风雨，吃着带臊味的肉、喝着乳浆，来充饥解渴，抬眼想说说笑笑，谁能和我共同欢乐？边地冰层发黑，土地冻裂得十分厉害，只听见使人悲哀的北风发出萧条的声响。寒秋九月，塞外草枯，夜里睡不着觉，侧耳远听，胡笳相互响着，牧马悲叫，长吟悲啸，野兽成群，边地各种声音四处响起，早晨坐着听到这些声音，不知不觉眼泪都流出来了。唉呀子卿！我李陵的心难道与众不同，能够不伤心吗？我和你分别以后，更加觉得无聊，想到上有我的母亲，到了老年被诛，妻子儿女没有罪过，也都被当作坏人杀了；我自己辜负了国家的恩惠，为世上的人所哀怜。你回国得到荣耀，我留在匈奴遭到耻辱，这是命呀，叫人怎么办啊！我生于奉行礼义的国家，来到愚昧无知的地方，背弃了君王、父母的恩情，长期生活在蛮夷国内，真叫人伤心啊！使先父的儿子，变成戎狄一族的人，这也是我自己伤心的事！我功大罪小，不能得到汉朝君主的正确理解，辜负了我李陵一片诚挚的心意，每当想到这些，便忽然忘记了自己还活着。我不难剖出心来表明自己的纯洁，割掉脑袋来表明我的心志，但国家已对我断了恩情，我杀身也没有益处，恰恰只足以增添耻辱。所以常常因忍辱而挽臂愤慨,但又苟且活着。身边的人,见我这样,就用不能入耳的欢乐曲调来劝慰、勉励我。异地的乐曲,只能叫人听了伤心,增加忧伤罢了。

唉呀子卿!人们相互了解,可贵的是彼此知心。上次信写得仓猝,未能把我心中的话说尽,所以现在再简略地谈一谈。以前先帝拨给我步兵五千,出征远国,五位将军因故误了会合的时间,我独自遭遇敌军和他们作战。我带了行军万里的军粮,率领徒步前进的军队,出征到汉朝以外的地方,进入强大的匈奴的领地。靠着五千士兵,对抗十万敌军,指挥疲乏的兵士,抵挡着刚上笼头的战骑,可是还斩将夺旗,追逐逃亡的败兵,就像扫除尘土一样把他们消灭得无影无踪,杀了他们勇猛的主帅。我们全军战士都视死如归。我李陵不才,很少担当重大的任务,以为这时自己的功劳不可比拟。匈奴打了败仗以后,举国动员,另外挑选精兵,强大的部队人数超过十万,单于亲自临阵督战,指挥部队包围我军。敌我双方,力量已经不能相比,我们步兵和匈奴骑兵的势力,又相差极大。我们疲劳的士兵再次作战,一个当一千人用,仍然是互相挽扶着,或者用战车装着受重伤的战士,争先恐后地拼命战斗。战死的、受伤的积满原野,剩下的不满百人,而且都是身染疾病,连兵器都扛不动。可是我振臂一呼,受伤的、有病的都振作起来了,挥刀向敌人砍去,使匈奴骑兵奔亡逃跑。我们的士兵武器和箭都没有了,人们手无尺铁,连头盔都掉了还奋力呼叫,争着冲到前面去。在这个时候,天地为我震怒,战士为我吞下血泪。单于认为不能俘虏我,便想收兵回去,可是贼臣却把我军的底细告诉了他,他便又来攻击,所以我不免作了俘虏。从前高皇帝率领三十万士兵,被匈奴围困在平城,那时,汉军猛将如云,谋臣如雨,可是还七天无法进餐,最后才幸免于难,何况我处于这样的境遇中,哪能轻易地脱难呢?然而汉朝办事的人却议论纷纷,随随便便地责怪我没有死掉。我没有死,是有罪的。

但子卿看我李陵,难道是一个苟且偷生的人和一个怕死鬼吗?哪有背弃君主父母、抛弃妻子儿女,却反认为这是对自己有利的事呢?我没有死掉,是准备有所作为的。本来打算像我在上次信中说的那样,是想寻找机会,报答君主的恩德呀。我确实认为白白死掉不如建立节操,毁灭声名不如用行动报答恩德。从前范蠡没有为在会稽蒙受亡国的耻辱而死去,曹沫不因为蒙受三次打败仗的耻辱而死去,最后他们终于分别替勾践报了仇,替鲁国雪了耻。我心中深切仰慕的正是这些举动。哪里料到壮志未立,怨恨已经产生了,计划未能实现,可骨肉亲属却已被杀了,这便是我为什么仰望苍天用手击心而流血流泪的原因。足下又说:"汉朝对待功臣的恩情不薄。"你是汉朝的臣子,怎么能不这样说呢? 从前萧何、樊哙被拘禁,韩信、彭越被剁成肉酱,晁错被腰斩东市,周勃、魏其侯被定罪。其他辅佐的臣子、立功的人士,如贾谊、周亚夫一类人,都真正是天下闻名的人才,他们具有为将为相的本领,却受到小人的谗害,同样遭到灾祸、受到侮辱。终于使他们怀抱才能,被人诽谤,有本领而不能施展,他们两位的死去,谁不为他们感到痛心呢! 我的祖父将军李广,功劳谋略胜过天地间的一切人,忠义勇敢在三军中数第一,只是不合贵臣的意,就自刎在远国以外,这是功臣义士们扛着戟长声叹息的事啊。怎么能说汉朝廷对待功臣的恩情不薄呢! 况且从前你以一个轻车简从的使节身份,出使到拥有兵车万乘的匈奴,碰上一个不好的机会,以至于你伏剑自刎也不顾惜,辗转流离,茹苦含辛,差一点死在北方的荒原上。壮年时奉命出使匈奴,头发白了才回到汉地,年老的母亲死了,年轻的妻子改了嫁,这是天下很少听说、而现在没有的事。那些蛮貊民族的人,尚且还赞美你的节操,何况做为统治天下的君主呢? 我以为你该享受分封土地的待遇,得到封侯的奖赏。但听说你回国后,赐给你的钱不过二百万,官位不过是典属国,没有用一尺封地来报答你的劳苦。可是那些妨害他人建立功业、施展才能的臣子都被封为万户侯,皇亲国戚以及那一班贪婪谄媚的人都在朝廷担任高官。你的待遇尚且是这样,我还有什么指望呢! 汉朝对我没有死去给予沉重的处罚,对你的守节给予很少的奖赏,想使在远方听到这些消息的臣子,见到这种势头而来归顺汉朝,这实在是难啊! 所以我每当想到这些,便不后悔了。我虽然辜负了汉朝的恩情,汉朝对我也丧失了恩德。前人有这样的话:"虽然忠心不是很强烈,却把死去看得像回家一样。"我果真能安然就义,可是君主又哪能怀念我呢?男子汉活着不能成名,死了就埋葬在蛮夷之乡。谁又能弯腰叩头,回来面对着宫殿北面的门楼,让那些办理文书的官吏搬弄笔墨呢?希望你不要再盼望我回汉朝了。

唉呀子卿!还有什么好说的呢?我们相离万里,人已经隔绝了,路也不通了,我活着成为另一世界的人,死了成为他方的鬼,永远和你生离死别了啊。希望你告诉我往日的朋友们,努力为圣明的君王服务。你的儿子很好,不要挂念,你要珍爱自己。当北风吹动时,望你再给我写信来。李陵叩头。

报孙会宗书

杨　恽

【原文】

恽既失爵位家居，治产业，起室宅，以财自娱。

岁余其友人安定太守西河孙会宗士也，与恽书谏戒之，为言大臣废退，当阖门惶惧，为可怜之意，不当治产业，通宾客，有称誉。

恽宰相子，少显朝廷，一朝昧语言见废，内怀不服，报会宗书曰："恽材朽行秽，文质无所底，幸赖先人余业，得备宿卫；遭遇时变，以获爵位，终非其任，卒与祸会。足下哀其愚蒙，赐书教督以所不及，殷勤甚厚。然窃恨足下不深惟其终始，而猥随俗之毁誉也。言鄙陋之愚心，若逆指而文过；默而息乎，恐违孔氏'各言尔志'之义，故敢略陈其愚，唯君子察焉。"恽家方隆盛时，乘朱轮者十人，位在列卿，爵为通侯从官，与闻政事，曾不能以此时有所建明，以宣德化，又不能与群僚同心并力，陪辅朝廷之遗忘，已负窃位素餐之责久矣。怀禄贪势，不能自退，遭遇变故，横被口语，身幽北阙，妻子满狱。当此之时，自以夷灭不足以塞责，岂意得全首领，复奉先人之丘墓乎？伏惟圣主之恩，不可胜量。君子游道，乐以忘忧；小人全躯，说以忘罪。窃自私念，过已大矣，行已亏矣，长为农夫以没世矣。是故身率妻子，戮力耕桑，灌园治产，以给公上，不意当复用此为讥议也。"夫人情所不能止者，圣人弗禁，故君父至尊亲，送其终也，有时而既。臣之得罪，已三年矣。田家作苦，岁时伏腊，烹羊羔，斗酒自劳。家本秦也，能为秦声，妇赵女也，雅善鼓瑟，奴婢歌者数人，酒后耳热，仰天拊缶，而呼乌乌。其诗曰：'田彼南山，芜秽不治，种一顷豆，落而为萁。人生行乐耳，须富贵何时！'是日也，拂衣而喜，奋低昂,顿足起舞,诚淫荒无度,不知其不可也。恽幸有余禄,方籴贱贩贵,逐什一之利,此贾竖之事,污辱之处,恽亲行之。下流之人,众毁所归,不寒而栗。虽雅知恽者,犹随风而靡,尚何称誉之有?董生不云乎:'明明求仁义,常恐不能化民者,卿大夫意也;明明求财利,尚恐困乏者,庶人之事也。'故'道不同不相为谋'。今子尚安得以卿大夫之制而责仆哉!夫西河魏土,文侯所兴,有段干木、田子方之遗风,漂然皆有节概知去就之分。顷者,足下离旧土,临安定,安定山谷之间,昆戎旧壤,子弟贪鄙,岂习俗之移人哉?于今乃睹子之志矣。方当盛汉之隆,愿勉旃,毋多谈。"

【译文】

我才能低下,行为卑污,外部表现和内在品质都未修养到家,幸而靠着先辈留下的功绩,才得以充任宫中侍从官。又遭遇到非常事变,因而被封为侯爵,但始终未能称职,结果遭了灾祸。你哀怜我的愚昧,特地来信教导我不够检点的地方,恳切的情意甚为深厚。但我私下却怪你没有深入思考事情的本末,而轻率地表达了一般世俗眼光的偏见。直说我浅陋的看法吧,那好像与你来信的宗旨唱反调,在掩饰自己的过错;沉默而不说吧,又恐怕违背了孔子提倡每人应当直说自己志向的原则。因此我才敢简略地谈谈我的愚见,希望你能细看一下。我家正当兴盛的时候,做大官乘坐朱轮车的有十人,我也备位在九卿之列,爵封通侯,总管宫内的侍从官,参与国家大政。我竟不能在这样的时候有所建树,来宣扬皇帝的德政,又不能与同僚齐心协力,辅佐朝庭,补救缺失,已经受到窃踞高位白食俸禄的指责很久了。我贪恋禄位和权势,不能自动退职,终于遭到意外的变故,平白地被人告发,本人被囚禁在宫殿北面的楼观内,妻子儿女全关押在监狱里。在这个时候,自己觉得合族抄斩也不足以抵偿罪责,哪里想得到竟能保住脑袋,再去奉祀祖先的坟墓呢?我俯伏在地想着圣主的恩德真是无法计量。君子的身心沉浸在道义之中,快乐得忘记忧愁;小人保全了性命,快活得忘掉了自身的罪过。因此亲自率领妻子儿女,竭尽全力耕田种粮,植桑养蚕,灌溉果园,经营产业，用来向官府缴纳赋税，想不到又因为这样做而被人指责和非议。人的感情所不能限制的事情，圣人也不加以禁止。所以即使是最尊贵的君王和最亲近的父亲，为他们送终服丧，至多三年也有结束的时候。我获罪以来，已经三年了。种田人家劳作辛苦，一年中遇上伏日、腊日的祭祀，就烧煮羊肉烤炙羊羔，斟上一壶酒自我慰劳一番。我的老家本在秦地，因此我善于唱秦地的民歌。妻子是赵地的女子，平素擅长弹瑟。奴婢中也有几个会唱歌的。喝酒以后耳根发热，昂首面对苍天，信手敲击瓦缶，按着节拍呜呜呼唱。歌词是："在南山上种田辛勤，荆棘野草多得没法除清。种下了一顷地的豆子，只收到一片无用的豆茎。人生还是及时行乐吧，等享富贵谁知要到什么时辰！"碰上这样的日子，我兴奋得两袖甩得高高低低，两脚使劲蹬地而任意起舞，的确是纵情玩乐而不加节制，但我不懂这有什么过错。我幸而还有积余的俸禄，正经营着贱买贵卖的生意，追求那十分之一的薄利。这是君子不屑只有商人才干的事情，备受轻视耻辱，我却亲自去做了。地位卑贱的人，是众人诽谤的对象，我常因此不寒而栗。即使是素来了解我的人，尚且随风而倒讥刺我，哪里还会有人来称颂我呢？董仲舒不是说过吗："急急忙忙地求仁求义，常担心不能用仁义感化百姓，这是卿大夫的心意。急急忙忙地求财求利，常担心贫困匮乏，这是平民百姓的事情。"所以信仰不同的人，互相之间没有什么好商量的。现在你还怎能用卿大夫的要求来责备我呢！你的家乡西河郡原是魏国的所在地，魏文侯在那里兴起大业，还存在段干木、田子方留下的好风尚，他们两位都有高远的志向和气节，懂得去留和仕隐的抉择。近来你离开了故乡，去到安定郡任太守。安定郡地处山谷中间，是昆夷族人的家乡，那里的人贪婪卑鄙，难道是当地的风俗习惯改变了你的品性吗？直到现在我才看清了你的志向！如今正当大汉朝的鼎盛时期，祝你飞黄腾达，不要再来同我多说。

滑稽列传

司马迁

【原文】

孔子曰："六艺于治一也。《礼》以节人，《乐》以发和《书》以道事，《诗》以达意，《易》以神化，《春秋》以义。"太史公曰："天道恢恢，岂不大哉！谈言微中，亦可以解纷。"淳于髡者，齐之赘婿也。长不满七尺，滑稽多辩，数使诸侯，未尝屈辱。齐威王之时喜隐，好为淫乐长夜之饮，沉湎不治，委政卿大夫。百官荒乱，诸侯并侵，国且危亡，在于旦暮，左右莫敢谏。淳于髡说之以隐曰"国中有大鸟，止王之庭，三年不蜚又不鸣，王知此何鸟也？"王曰："此鸟不飞则已，一飞冲天；不鸣则已，一鸣惊人。"于是乃朝诸县令长七十二人，赏一人，诛一人，奋兵而出。诸侯振惊，皆还齐侵地。

盛行三十六年。语在《田完世家》中。

威王八年，楚大发兵加齐。齐王使淳于髡之赵请救兵，赍金百斤，车马十驷。淳于髡仰天大笑，冠缨索绝。王曰："先生少之乎？"髡曰："何敢！"王曰："笑岂有说乎？"髡曰："今者臣从东方来，见道傍有禳田者，操一豚蹄，酒一盂，祝曰：'瓯窭满篝，污邪满车，五谷蕃熟，穰穰满家，'臣见其所持者狭而所欲者奢，故笑之。"于是齐威王乃益赍黄金千溢，白璧十双，车马百驷。髡辞而行，至赵。赵王与之精兵十万，革车千乘。楚闻之，夜引兵而去。威王大说，置酒后宫，召髡赐之酒。问曰："先生能饮几何而醉？"对曰："臣饮一斗亦醉，一石亦醉。"威王曰："先生饮一斗而醉，恶能饮一石哉！其说可得闻乎？"髡曰："赐酒大王之前，执法在旁，御使在后，髡恐惧俯伏而饮，不过一斗径醉矣。若亲有严客，髡鞠月跽，侍酒于前，时赐余沥，奉觞上寿，数起，饮不过二斗径醉矣。若朋友交游，久不相见，卒然相睹，欢然道故，私情相语，饮可五六斗径醉矣。若乃州闾之会，男女杂坐，行酒稽留，六博投壶，相引为曹，握手无罚，目眙不禁，前有堕珥，后有遗簪，髡窃乐此，饮可八斗而醉二参。日暮酒阑，合尊促坐，男女同席履舄交错，杯盘狼藉，堂上烛灭，主人留髡而送客，男襦襟解，微闻芗泽当此之时，髡心最欢，能饮一石。故曰酒极则乱，乐极则悲；万事尽然。"言不可极，极之而衰。以讽谏焉。齐王曰："善。"乃罢长夜之饮，以髡为诸侯主客。宗室置酒，髡尝在侧。其后百余年，楚有优孟。优孟，故楚之乐人也。长八尺，多辩，常以谈笑讽谏。楚庄王之时，有所爱马，衣以文绣，置之华屋之下，席以露床，啖以枣脯。马病肥死，使群臣丧之，欲以棺大夫礼葬之。左右争之，以为不可。王下令曰："有敢以马谏者，罪至死。"优孟闻之，入殿门，仰天大哭，王惊而问其故。优孟曰："马者王之所爱也，以楚国堂堂之大，何求不得，而以大夫礼葬之薄，请以人君礼葬之。"王曰："何如？"对曰："臣请以雕玉为棺，文梓为椁，木便枫豫章为题凑，发甲卒为穿圹，老弱负土，齐赵陪位于前，韩魏翼卫其后，庙食太牢，奉以万户之邑。诸侯闻之，皆知大王贱人而贵马也。"王曰"寡人之过一至此乎？为之奈何？"优孟曰："请为大王六畜葬之。以垄灶为椁，铜历为棺，赍以姜枣，荐以木兰，祭以粮稻，衣以火光，葬之于人腹肠。"于是王乃使以马属太官，无令天下久闻也。楚相孙叔敖知其贤人也，善待之。病且死，属其子曰："我死，汝必贫困。若往见优孟。言我孙叔敖之子也。"居数年，其子穷困负薪，逢优孟与言曰："我，孙叔敖子也。父且死时，属我贫困往见优孟。"优孟曰："若无远有所之。"即为孙叔敖衣冠，抵掌谈语。岁余，像孙叔敖，楚王及左右不能别也。庄王置酒，优孟前为寿。庄王大惊，以为孙叔敖复生也，欲以为相。优孟曰："请归与妇计之，三日而为相。"庄王许之。三日后，优孟复来。王曰："妇言谓何？"孟曰："妇言慎无为，楚相不足为也。如孙叔敖之为楚相，尽忠为廉以治楚，楚王得以霸。今死，其子无立锥之地，贫困负薪以自饮食。必如孙叔敖，不如自杀。"因歌曰："山居耕田苦，难以得食起而为吏，身贪鄙者余财，不顾耻辱。身死家室富，又恐受赇枉法，为奸触大罪，身死而家灭，贪吏安可为也！念为廉吏，奉法守职。竟死不敢为非。廉吏安可为也！楚相孙叔敖持廉至死，方今妻子穷困负薪而食，不足为也！"于是庄王谢优孟，乃召孙叔敖子，封之寝丘四百户，以奉其祀。后十世不绝。此知可以言时矣。

其后二百余年，秦有优旃。优旃者，秦倡，侏儒也。善为笑言，然合于大道。秦始皇时，置酒而天雨，陛盾者皆沾寒。优旃见而哀之，谓之曰："汝欲休乎？"陛盾者皆曰"幸甚。"优旃曰："我即呼汝，汝疾应曰诺。"居有顷，殿上上寿呼万岁。优旃临槛大呼曰："陛盾郎！"郎曰："诺。"优旃曰："汝虽长，何益，幸雨立我虽短也，幸休居。"于是始皇使陛盾者得半相代。始皇尝议欲大苑囿，东至函谷关，西至雍、陈仓。优旃曰："善。多纵禽兽于其中，寇从东方来，令麋鹿触之足矣。"始皇以故辍止。二世立，又欲漆其城。优旃曰："善。主上虽无言，臣固将请之。漆城虽于百姓愁费，然佳哉！漆城荡荡，寇来不能上。即欲就之，易为漆耳。顾难为荫室。"于是二世笑之，以其故止。居无何，二世杀死，优旃归汉，数年而卒。太史公曰：淳于髡仰天大笑，齐威王横行。优孟摇头而歌，负薪者以封。优旃临槛疾呼，陛盾得以半更。岂不亦伟哉！

褚先生曰：臣幸得以经术为郎，而好读外家传语。窃不逊让，复作故事滑稽之语六章，编之于左。可以览观扬意，以示后世好事者读之，以游心骇耳，以附益上方太史公之三章。

武帝时有所幸倡郭舍人者，发言陈辞虽不合大道，然令人主和说。武帝少时，东武侯母亲养帝，帝壮时，号之曰："大乳母"。率一月再朝。朝奏入，有诏使幸臣马游卿以帛五十匹赐乳母，又奉饮糒养乳母。乳母上书曰："某所有公田，愿得假倩之。"帝曰："乳母欲得之乎？"以赐乳母。乳母所言，未尝不听。有诏得令乳母乘车行驰道中。当此之时，公卿大臣皆敬重乳母。乳母家子孙奴从者横暴长安中，当道掣顿人车马，夺人衣服。闻于中，不忍致之法。有司请徙乳母家室,处之于边。奏可。乳母当入至前,面见辞。乳母先见郭舍人,为下泣。舍人曰:"即入见辞去,疾步数还顾。"乳母如其言,谢去,疾步数还顾。郭舍人疾言骂之曰:"咄!老女子!何不疾行!陛下已壮矣,宁尚须汝乳而活邪?尚何还顾!"于是人主怜焉悲之,乃下诏止无徙乳母,罚谪谮之者。

武帝时,齐人有东方生名朔,以好古传书,爱经术,多所博观外家之语。朔初入长安,至公车上书,凡用三千奏牍。公车令两人共持举其书,仅然能胜之。人主从上方读之,止,辄乙其处,读之二月乃尽。诏拜以为郎,常在侧侍中。数召至前谈语,人主未尝不说也。时诏赐之食于前。饭已,尽怀其余肉持去,衣尽污。数赐缣帛,担揭而去。徒用所赐钱帛,取少妇于长安中好女。率取妇一岁所者即弃去,更取妇。所赐钱财尽索之于女子。人主左右诸郎半呼之"狂人"。人主闻之,曰:"令朔在事无为是行者,若等安能及之哉!"朔任其子为郎,又为侍谒者,常持节出使。朔行殿中,郎谓之曰:"人皆以先生为狂。"朔曰:"如朔等,所谓避世于朝廷闲者也。古之人,乃避世于深山中。"时坐席中,酒酣,据地歌曰:"陆沉于俗,避世金马门。宫殿中可以避世全身,何必深山之中,蒿庐之下。"金马门者,宦〔者〕署门也,门旁有铜马,故谓之曰:"金马门"。

时会聚宫下博士诸先生与论议,共难之曰:"苏秦、张仪一当万乘之主,而都卿相之位泽及后世。今子大夫修先王之术,慕圣人之义,讽诵《诗》《书》百家之言,不可胜数。著于竹帛,自以为海内无双,即可谓博闻辩智矣。然悉力尽忠以事圣帝,旷日持久,积数十年,官不过侍郎,位不过执戟,意者尚有遗行邪?其故何也?"东方生曰:"是国非子所能备也。彼一时也,此一时也,岂可同哉!夫张仪、苏秦之时,周室大坏,诸侯不朝,力政争权,相禽以兵,并为十二国,未有雌雄,得士者强,失士者亡,故说听行通,身处尊位,泽及后世,子孙长荣。今非然也。圣帝在上,德流天下,诸侯宾服,威震四夷,连四海之外以为席,安于覆盂,天下平均,合为一家,动发举事,犹如运之掌中。贤与不肖，何以异哉？方今以天下之大，士民之众，竭精驰说，并进辐凑者，不可胜数。悉力慕义，困于衣食，或失门户。使张仪、苏秦与仆并生于今之世，曾不能得掌故，安敢望常侍侍郎乎！传曰：'天下无害灾，虽有圣人，无所施其才；上下和同，虽有贤者，无所立功。'故曰时异则事异。虽然，安可以不务修身乎？《诗》曰：'鼓钟于宫，声闻于外。''鹤鸣九皋，声闻于天。'苟能修身，何患不荣！太公躬行仁义七十二年，逢文王，得行其说，封于齐，七百岁而不绝。此士之所以日夜孜孜，修学行道，不敢止也。今世之处士，时虽不用，崛然独立，块然独处，上观许由，下察接舆，策同范蠡，忠合子胥，天下和平，与义相扶，寡偶少徒，固其常也。子何疑于余哉！"于是诸先生默然无以应也。

建章宫后阁重栎中有物出焉，其状似麋。以闻，武帝往临视之。问左右群臣习事通经术者，莫能知。诏东方朔视之。朔曰："臣知之，愿赐美酒粱饭大飧臣，臣乃言。"诏曰："可。"已又曰："某所有公田鱼池蒲苇数顷，陛下以赐臣，臣朔乃言。"诏曰："可"。于是朔乃肯言，曰："所谓驺牙者也。远方当来归义，而驺牙先见。其齿前后若一，齐等无牙，故谓之驺牙。"其后一岁所，匈奴混邪王果将十万众来降汉。乃复赐东方生钱财甚多。

至老，朔且死时，谏曰："《诗》云'营营青蝇，止于蕃。恺悌君子，无信谗言。'谗言罔极，交乱四国。'愿陛下远巧佞，退谗言。"帝曰："今顾东方朔多善言？"怪之。居无几何，朔果病死。传曰："鸟之将死，其鸣也哀；人之将死，其言也善。"此之谓也。

武帝时，大将军卫青者，卫后兄也，封为长平侯。从军击匈奴，至余吾水上而还，斩首捕虏，有功来归，诏赐金千斤。将军出宫门，齐人东郭先生以方士待诏公车，当道遮卫将军车，拜谒曰："愿白事。"将军止车前，东郭先生旁车言曰："王夫人新得幸于上，家贫。今将军得金千斤，诚以其半赐王夫人之亲，人主闻之必喜。此所谓奇策便计也。"卫将军谢之曰："先生幸告以便计，请奉教。"于是卫将军乃以五百金为王夫人之亲寿。王夫人以闻武帝。帝曰:"大将军不知为此。"问之安所受计策,对曰:"受之待诏者东郭先生。"诏召东郭先生,拜以为郡都尉。东郭先生久待诏公车,贫困饥寒,衣敝,履不完。行雪中,履有上无下,足尽践地。道中人笑之,东郭先生应之曰:"谁能履行雪中,令人视之,其上履也,其履下处乃似人足者乎?"及其拜为二千石,佩青绶出宫门,行谢主人。故所以同官待诏者,等比祖道于都门外。荣华道路,立名当世。此所谓衣褐怀宝者也。当其贫困时,人莫省视;至其贵也,乃争附之。谚曰:"相马失之瘦,相士失之贫。"其此之谓邪?

王夫人病甚,人主至自往问之曰:"子当为王,欲安所置之?"对曰:"愿居洛阳。"人主曰:不可。洛阳有武库、敖仓,当关口,天下咽喉。自先帝以来,传不为置王。然关东国莫大于齐,可以为齐王。"王夫人以手击头,呼"幸甚"。王夫人死,号曰:"齐王太后薨"。

昔者,齐王使淳于髡献鹄于楚。出邑门,道飞其鹄,徒揭空笼,造诈成辞,往见楚王曰:"齐王使臣来献鹄,过于水上,不忍鹄之渴,出而饮之,去我飞亡。吾欲刺腹绞颈而死,恐人之议吾王以鸟兽之故令士自伤杀也。鹄,毛物,多相类者,吾欲买而代之,是不信而欺吾王也。欲赴佗国奔亡,痛吾两主使不通。故来服过,叩头受罪大王。"楚王曰:"善,齐王有信士若此哉!"厚赐之,财倍鹄在也。

武帝时,征北海太守诣行在所。有文学卒史王先生者,自请与太守俱:"吾有益于君。"君许之。诸府掾功曹白云:"王先生嗜酒,多言少实,恐不可与俱。"太守曰:"先生意欲行,不可逆。"遂与俱。行至宫下,待诏宫府门。王先生徒怀钱沽酒,与卫卒仆射饮,日醉,不视其太守。太守入跪拜。王先生谓户郎曰:"幸为我呼吾君至门内遥语。"户郎为呼太守。太守来,望见王先生。王先生曰:"天子即问君何以治北海,令无盗贼,君对曰何哉?"对曰:"选择贤材,各任之以其能,赏异等,罚不肖。"王先生曰:"对如是,是自誉自伐功,不可也。愿君对言,非臣之力,尽陛下神灵威武所变化也。"太守曰:"诺。"召入,至于殿下,有诏问之曰:"何于沿北海,令盗贼不起?"叩头对言:

"非臣之力,尽陛下神灵威武之所变化也。"武帝大笑,曰:"于乎! 安得长者之语而称之! 安所受之?"对曰:"受之文学卒史。"帝曰:"今安在?"对曰:"在宫府门外。"有诏召拜王先生为水衡丞,以北海太守为水衡都尉。传曰:"美言可以市,尊行可以加人,君子相送以言,小人相送以财。"

魏文侯时,西门豹为邺令。豹往到邺,会长老,问之民所疾苦。长老曰:"苦为河伯娶妇,以故贫。"豹问其故,对曰:"邺三老、廷掾常岁赋敛百姓,收取其钱得数百万,用其二三十万为河伯娶妇,与祝巫共分享其余钱持归。当其时,巫行视小家女好者,云是当为河伯妇,即娉取。洗沐之,为治新缯绮縠衣,闲居斋戒;为治斋宫河上,张缇绛帷,女居其中。为具牛酒饭食,(行)十余日。共粉饰之,如嫁女床席,令女居其上,浮之河中。始浮,行数十里乃没。其人家有好女者,恐大巫祝为河伯取之,以故多持女远逃亡。以故城中益空无人,又困贫,所以来久远矣。民人俗语曰:'即不为河伯娶妇,水来漂没,溺其人民'云。"西门豹曰:"至为河伯娶妇时,愿三老、巫祝、父老送女河上,幸来告语之,吾亦往送女。"皆曰:"诺。"

至其时,西门豹往会之河上。三老、官属、豪长者、里父老皆会,以人民往观之者三二千人。其巫,老女子也,已年七十。从弟子女十人所,皆衣缯单衣,立大巫后。西门豹曰:"呼河伯妇来,视其好丑。"即将女出帷中,来至前。豹视之,顾谓三老、巫祝、父老曰:"是女子不好,烦大巫妪为入报河伯,得更求好女,后日送之。"即使吏卒共抱大巫妪投之河中。有顷,曰:"巫妪何久也? 弟子趣之!"复以弟子一人投河中。有顷,曰:"弟子何久也? 复使一人趣之!"复投一弟子河中。凡投三弟子。西门豹曰:"巫妪弟子是女子也,不能白事,烦三老为入白之。"复投三老河中。西门豹簪笔磬折,向河立待良久。长老、吏傍观者皆惊恐。西门豹顾曰:"巫妪、三老不来还,奈之何?"欲复使廷掾与豪长者一人入趣之。皆叩头,叩头且破,额血流地,色如死灰。西门豹曰:"诺,且留待之须臾。"须臾,豹曰:"廷掾起矣。状河伯留客之久,若皆罢去归矣。"邺吏民大惊恐,从是以后,不敢复言为河伯娶妇。

西门豹即发民凿十二渠,引河水灌民田,田皆溉。当其时,民治渠少烦苦,不欲也。豹曰:"民可以乐成,不可与虑始。今父老子弟虽患苦我,然百岁后期令父老子孙思我言。"至今皆得水利,民人以给足富。十二渠经绝驰道,到汉之立,而长吏以为十二渠桥绝驰道,相比近,不可。欲合渠水,且至驰道合三渠为一桥。邺民人父老不肯听长吏,以为西门君所为也,贤君之法式不可更也。长吏终听置之。故西门豹为邺令,名闻天下,泽流后世,无绝已时,几可谓非贤大夫哉!

传曰:"子产治郑,民不能欺;子贱治单父,民不忍欺;西门豹治邺,民不敢欺。"三子之才能谁最贤哉?辨治者当能别之。

【译文】

孔子说:"六经对于治理国家来讲,作用是相同的。《礼》是用来规范人的生活方式的,《乐》是用来促进人们和谐团结的,《书》是用来记述往古事迹和典章制度的,《诗》是用来抒情达意的,《易》是用来窥探天地万物的神奇变化的,《春秋》是用来通晓微言大义、衡量是非曲直的。"太史公说:"世上的道理广阔无垠,难道不伟大么!言谈话语果能稍稍切中事理,也是能排解不少纷扰的。"

淳于髡是齐国的一个入赘女婿。身高不足七尺,为人滑稽,能言善辩,屡次出使诸侯之国,从未受过屈辱。齐威王在位时,喜好说隐语,又好彻夜宴饮,逸乐无度,陶醉于饮酒之中,不管政事,把政事委托给卿大夫。文武百官荒淫放纵,各国都来侵犯,国家危亡,就在旦夕之间。齐王身边近臣都不敢进谏。淳于髡用隐语来规劝讽谏齐威王,说:"都城中有只大鸟,落在了大王的庭院里,三年不飞又不叫,大王知道这只鸟是怎么一回事吗?"齐威王说:"这只鸟不飞则已,一飞就直冲云霄;不叫则已,一叫就使人惊异。"于是就诏令全国七十二个县的长官全来入朝奏事,奖赏一人,诛杀一人;又发兵御敌,诸侯十分惊恐,都把侵占的土地归还齐国。

齐国的声威竟维持达三十六年。这些话全记载在《田完世家》里。

　　齐威王八年(公元前371年)，楚国派遣大军侵犯齐境。齐王派淳于髡出使赵国请求救兵，让他携带礼物黄金百斤，驷马车十辆。淳于髡仰天大笑，将系帽子的带子都笑断了。威王说："先生是嫌礼物太少么?"淳于髡说："怎么敢嫌少!"威王说："那你笑，难道有什么说辞吗?"淳于髡说："今天我从东边来时，看到路旁有个祈祷田神的人，拿着一个猪蹄、一杯酒，祈祷说:'高地上收获的谷物盛满篝笼，低田里收获的庄稼装满车辆;五谷繁茂丰熟，米粮堆积满仓。'我看见他拿的祭品很少，而所祈求的东西太多，所以笑他。"于是齐威王就把礼物增加到黄金千镒、白璧十对、驷马车百辆。淳于髡告辞起行，来到赵国。赵王拨给他十万精兵、一千辆裹有皮革的战车。楚国听到这个消息，连夜退兵而去。齐威王非常高兴，在后宫设置酒肴，召见淳于髡，赐他酒喝。问他说："先生能够喝多少酒才醉?"淳于髡回答说："我喝一斗酒也能醉，喝一石酒也能醉。"威王说："先生喝一斗就醉了，怎么能喝一石呢?能把这个道理说给我听听吗?"淳于髡说："大王当面赏酒给我，执法官站在旁边，御史站在背后，我心惊胆战，低头伏地地喝，喝不了一斗就醉了。假如父母有尊贵的客人来家，我卷起袖子，躬着身子，奉酒敬客，客人不时赏我残酒，屡次举杯敬酒应酬，喝不到两斗就醉了。假如朋友间交游，好久不曾见面，忽然间相见了，高兴地讲述以往情事，倾吐衷肠，大约喝五六斗就醉了。至于乡里之间的聚会，男女杂坐，彼此敬酒，没有时间的限制，又作六博、投壶一类的游戏，呼朋唤友，相邀成对，握手言欢不受处罚，眉目传情不遭禁止，面前有落下的耳环，背后有丢掉的发簪，在这种时候，我最开心，可以喝上八斗酒，也不过两三分醉意。天黑了，酒也快完了，把残余的酒并到一起，大家促膝而坐，男女同席，鞋子木屐混杂在一起，杯盘杂乱不堪，堂屋里的蜡烛已经熄灭，主人单留住我，而把别的客人送走，绫罗短袄的衣襟已经解开，略略闻到阵阵香味，这时我心里最为高兴，能喝下一石酒。所以说，酒喝得过多就容易出乱子，欢乐到极点就会发生悲痛之事。所有的事情都是如此。"这番话是说，无论什么事情不可走向极端，到了极端就会衰败。淳于髡以此来婉转地劝说齐威王。威王说："好。"于是，威王就停止了彻夜欢饮之事，并任用淳于髡为接待诸侯宾客的宾礼官。齐王宗室设置酒宴，淳于髡常常作陪。

在淳于髡之后一百多年，楚国出了个优孟。优孟原是楚国的老歌舞艺人。他身高八尺，富有辩才，时常用说笑方式劝诫楚王。楚庄王时，他有一匹喜爱的马，给它穿上华美的绣花衣服，养在富丽堂皇的屋子里，睡在没有帐幔的床上，用蜜饯的枣干来喂它。马因为得肥胖病而死了，庄王派群臣给马办丧事，要用棺椁盛殓，依照大夫那样的礼仪来葬埋死马。左右近臣争论此事，认为不可以这样做。庄王下令说："有谁再敢以葬马的事来进谏，就处以死刑。"优孟听到此事，走进殿门，仰天大哭。庄王吃惊地问他哭的原因。优孟说："马是大王所喜爱的，就凭楚国这样强大的国家，有什么事情办不到，却用大夫的礼仪来埋葬它，太薄待了，请用人君的礼仪来埋葬它。"庄王问："那怎么办？"优孟回答说："我请求用雕刻花纹的美玉做棺材，用细致的梓木做套材，用槻、枫、豫、樟等名贵木材做护棺的木块，派士兵给它挖掘墓穴，让老人儿童背土筑坟，齐国、赵国的使臣在前面陪祭，韩国、魏国的使臣在后面护卫，建立祠庙，用牛羊猪祭祀，封给万户大邑来供奉。诸侯听到这件事，就都知道大王轻视人而看重马了。"庄王说："我的过错竟到这种地步吗？该怎么办呢？"优孟说："请大王准许按埋葬畜牲的办法来葬埋它：在地上堆个土灶当作套材，用大铜锅当作棺材，用姜枣来调味，用香料来解腥，用稻米作祭品，用火作衣服，把它安葬在人的肚肠中。"于是庄王派人把马交给了主管官中膳食的太官，不让天下人长久传扬此事。楚国宰相孙叔敖知道优孟是位贤人，待他很好。孙叔敖患病临终前，叮嘱他的儿子说："我死后，你一定很贫困。那时，你就去拜见优孟，说'我是孙叔敖的儿子。'"过了几年，孙叔敖的儿子果然十分贫困，靠卖柴为生。一次路上遇到优孟，就对优孟说："我是孙叔敖的儿子。父亲临终前，嘱咐我贫困时就去拜见优孟。"优孟说："你不要到远处去。"于是，他就立即缝制了孙叔敖的衣服帽子穿戴起来,模仿孙叔敖的言谈举止,音容笑貌。过了一年多,模仿得活像孙叔敖,连楚庄王左右近臣都分辨不出来。楚庄王设置酒宴,优孟上前为庄王敬酒祝福。庄王大吃一惊,以为孙叔敖又复活了,想要让他做楚相。优孟说:"请允许我回去和妻子商量此事,三日后再来就任楚相。"庄王答应了他。三日后,优孟又来见庄王。庄王问:"你妻子怎么说的?"优孟说:"妻子说千万别做楚相,楚相不值得做。像孙叔敖那样地做楚相,忠正廉洁地治理楚国,楚王才得以称霸。如今死了,他的儿子竟无立锥之地,贫困到每天靠打柴谋生。如果要像孙叔敖那样做楚相,还不如自杀。"接着唱道:"住在山野耕田辛苦,难以获得食物。出外做官,自身贪赃卑鄙的,积有余财,不顾廉耻。自己死后家室虽然富足,但又恐惧贪赃枉法,干非法之事,犯下大罪,自己被杀,家室也遭诛灭。贪官哪能做呢?想要做个清官,遵纪守法,忠于职守,到死都不敢做非法之事。唉,清官又哪能做呢?像楚相孙叔敖,一生坚持廉洁的操守,现在妻儿老小却贫困到靠打柴为生。清官实在不值得做啊!"于是,庄王向优孟表示了歉意,当即召见孙叔敖的儿子,把寝丘这个四百户之邑封给他,以供祭祀孙叔敖之用。自此之后,十年没有断绝。优孟的这种聪明才智,可以说是正得其宜,抓住了发挥的时机。

在优孟以后二百多年,秦国出了个优旃。优旃是秦国的歌舞艺人,个子非常矮小。他擅长说笑话,然而都能合乎大道理。秦始皇时,宫中设置酒宴,正遇上天下雨,殿阶下执楯站岗的卫士都淋着雨,受着风寒。优旃看见了十分怜悯他们,对他们说:"你们想要休息么?"卫士们都说:"非常希望。"优旃说:"如果我叫你们,你们要很快地答应我。"过了一会儿,宫殿上向秦始皇祝酒,高呼万岁。优旃靠近栏杆旁大声喊道:"卫士!"卫士答道:"有。"优旃说:"你们虽然长得高大,有什么好处?只有幸站在露天淋雨。我虽然长得矮小,却有幸在这里休息。"于是,秦始皇准许卫士减半值班,轮流接替。秦始皇曾经计议要扩大射猎的区域,东到函谷关,西到雍县和陈仓。优旃说:"好。多养些禽兽在里面,敌人从东面来侵犯,让麋鹿用角去抵触他们就足以应付了。"秦始皇听了这话,就停止了扩大猎场的计划。秦二世皇帝即位,又想用漆涂饰城墙。优旃说:"好。皇上即使不讲,我本来也要请您这样做的。漆城墙虽然给百姓带来愁苦和耗费,可是很美呀!城墙漆得漂漂亮亮的,敌人来了也爬不上来。要想成就这件事,涂漆倒是容易的,但是难办的是要找一所大房子,把漆过的城墙搁进去,使它阴干。"于是二世皇帝笑了起来,因而取消了这个计划。不久,二世皇帝被杀死,优旃归顺了汉朝,几年后就死了。太史公说:淳于髡仰天大笑,齐威王因而横行天下。优孟摇头歌唱,打柴为生的人因而受到封赏。优旃靠近栏杆大喊一声,阶下卫士因而得以减半值勤,轮流倒休。这些难道不都是伟大而可颂扬的么!

褚少孙先生说:我有幸能因通晓经学而做了郎官,而且喜欢读史传杂说一类的书。不自量力,又写了六章滑稽故事,编在太史公原著的后面。可供阅览,扩充见闻,以便留传给后代不怕絮烦的人浏览,以舒畅心胸,警醒听闻,特把它增附在上面太史公三则滑稽故事的后面。

汉武帝时,有个受宠爱的艺人姓郭,他发言讲话虽然不合乎大道理,却能使皇上听了心情和悦。武帝年幼时,东武侯的母亲曾经乳养过他,武帝长大后,就称她为"大乳母"。大概每月入朝两次。每次入朝的通报呈送进去,必有诏旨派宠爱的侍臣马游卿拿五十匹绸绢赏给乳母,并备饮食供养乳母。乳母上书说:"某处有块公田,希望拨借给我使用。"武帝说:"乳母想得到它吗?"便把公田赐给了她。乳母所说的话,没有不听的。又下诏乳母所乘坐的车子可以在御道上行走。在这个时候,公卿大臣都敬重乳母。乳母家里的子孙奴仆等人在长安城中横行霸道,当道拦截人家的车马,抢夺别人的衣物。消息传入朝中,武帝不忍心用法律来制裁乳母。主管的官吏奏请把乳母一家迁移到边疆去。武帝批准了。乳母理当进宫到武帝前面辞行。乳母先会见了郭舍人,为此而流泪。郭舍人说:"马上进去面见辞行,快步退出,多回过身来望几次皇帝。"乳母照他说的做了,面见武帝辞行,快步退出,屡屡转过身来看武帝。郭舍人大声骂乳母说:"咄!老婆子,为什么不快点走!

皇上已经长大了,难道还要等你喂奶才能活命么? 还转身看什么!"于是武帝可怜她,不禁悲伤起来,就下令制止,不准迁移乳母一家,还处罚了说乳母坏话的人。

汉武帝时,齐地有个人叫东方朔,因喜欢古代留传下来的书籍,爱好儒家经术,广泛地阅览了诸子百家的书。东方朔刚到长安时,到公车府那里上书给皇帝,共用了三千个木简。公车府派两个人一起来抬他的奏章,刚好抬得起来。武帝在官内阅读东方朔的奏章,需要停阅时,便在那里划个记号,读了两个月才读完。武帝下令任命东方朔为郎官,他经常在皇上身边侍奉。屡次叫他到跟前谈话,武帝从未有过不高兴的。武帝时常下诏赐他御前用饭。饭后,他便把剩下的肉全都揣在怀里带走,把衣服都弄脏了。皇上屡次赐给他绸绢,他都是肩挑手提地拿走。他专用这些赐来的钱财绸绢,娶长安城中年轻漂亮的女子为妻。大多娶过来一年光景便抛弃了,再娶一个。皇上所赏赐的钱财完全用在女人身上。皇上身边的侍臣有半数称他为"疯子"。武帝听到了说:"假如东方朔当官行事没有这些荒唐行为,你们哪能比得上他呢?"东方朔保举他的儿子做郎官,又升为侍中的谒者,常常衔命奉使,公出办事。一天东方朔从殿中经过,郎官们对他说:"人们都以为先生是位狂人。"东方朔说:"像我这样的人,就是所谓在朝廷里隐居的人。古时候的人,都是隐居在深山里。"他时常坐在酒席中,酒喝得畅快时,就趴在地上唱道:"隐居在世俗中,避世在金马门。宫殿里可以隐居起来,保全自身,何必隐居在深山之中,茅舍里面。"所谓金马门,就是宦者衙署的门,大门旁边有铜马,所以叫作"金马门"。

当时正值朝廷召集学宫里的博士先生们参与议事,大家一同诘难东方朔说:"苏秦、张仪偶然遇到大国的君主,就能居于卿相的地位,恩泽留传后世。现在您老先生研究先王治国御臣的方术,仰慕圣人立身处世的道理,熟习《诗》《书》和诸子百家的言论,不能一一列举。又有文章著作,自以为天下无双,就可以称是见多识广、聪敏才辩了。可是您竭尽全力、忠心耿耿地事奉圣明的皇帝，旷日持久，累积长达数十年，官衔不过是个侍郎，职位不过是个卫士，看来您还有不够检点的行为吧？这是什么原因呢？"东方朔说："这本来就不是你们所能完全了解的。那时是一个时代，现在是另一个时代，怎么可以相提并论呢？张仪、苏秦的时代，周朝十分衰败，诸侯都不去朝见周天子，用武力征伐夺取权势，用军事手段相互侵犯，天下兼并为十二个诸侯国，势力不相上下，得到士人的就强大，失掉士人的就灭亡，所以对士人言听计从，使士人身居高位，恩泽留传后代，子孙长享荣华。如今不是这样。圣明的皇帝在上执掌朝政，恩泽遍及天下，诸侯归顺服从，威势震慑四方，将四海之外的疆土连接成像坐席那样的一片乐土，比倒放的盘盂还要安稳，天下统一，融为一体，凡有所举动，都如同在手掌中转动一下那样轻而易举。贤与不贤，凭什么来辨别呢？当今因天下广大，士民众多，竭尽精力，奔走游说，就如辐条凑集到车毂一样，竞相集中到京城里向朝庭献计献策的人，数也数不清。尽管竭力仰慕道义，仍不免被衣食所困，有的竟连进身的门路也找不到。假使张仪、苏秦和我同生在当今时代，他们连一个掌管旧制旧例等故事的小官都得不到，怎么敢期望做常侍郎呢？古书上说："天下没有灾害，即使有圣人，也没有地方施展他的才华；君臣上下和睦同心，即使有贤人，也没有地方建立他的功业。"所以说，时代不同，事情也就随之而有所变化。尽管如此，怎么可以不努力去修养自身呢？《诗》说：'在宫内敲钟，声音可以传到外面。鹤在遥远的水泽深处鸣叫，声音可以传到天上。'如果能够修养自身，还担忧什么不能获得荣耀！齐太公亲身实行仁义七十二年，遇到周文王，才得以施行他的主张，封在齐国，其思想影响留传七百年而不断绝。这就是士人所以日日夜夜，孜孜不倦，研究学问，推行自己的主张，而不敢停止的原因。如今世上的隐士，一时虽然不被任用，却能超然自立，孑然独处，远观许由，近看接舆，智谋如同范蠡，忠诚可比伍子胥，天下和平，修身自持，而却寡朋少侣，这本来是件很平常的事情。你们为什么对我有疑虑呢？"于是那些先生们一声不响，无话回答了。

建章宫后阁的双重栏杆中,有一只动物跑出来,它的形状像麋鹿。消息传到宫中,武帝亲自到那里观看。问身边群臣中熟悉事物而又通晓经学的人,没有一个人能知道它是什么动物。下诏叫东方朔来看。东方朔说:"我知道这个东西,请赐给我美酒好饭让我饱餐一顿,我才说。"武帝说:"可以。"吃过酒饭,东方朔又说:"某处有公田、鱼池和苇塘好几顷,陛下赏赐给我,我才说。"武帝说:"可以。"于是东方朔才肯说道:"这是叫驺牙的动物。远方当有前来投诚的事,因而驺牙便先出现。它的牙齿前后一样,大小相等而没有大牙,所以叫它驺牙。"后来过了一年左右,匈奴混邪王果然带领十万人来归降汉朝。武帝于是又赏赐东方朔很多钱财。

到了晚年。东方朔临终时,规劝武帝说:"《诗经》上说'飞来飞去的苍蝇,落在篱笆上面。慈祥善良的君子,不要听信谗言。谗言没有止境,四方邻国不得安宁。'希望陛下远离巧言谄媚的人,斥退他们的谗言。"武帝说:"如今回过头来看东方朔,仅仅是善于言谈吗?"对此感到惊奇。过了不久,东方朔果然病死了。古书上说:"鸟到临死时,它的叫声特别悲哀;人到临终时,它的言语非常善良。"说的就是这个意思吧。

汉武帝时,大将军卫青是卫皇后的哥哥,被封为长平侯。他带领军队出击匈奴,追到余吾水边才返回,斩杀大量敌兵,捕获许多俘虏,立下战功,胜利归来,武帝下令赏赐黄金千斤。大将军从宫门出来,齐地人东郭先生以方士身份在公车府候差,当道拦住卫将军的车马,拜见说:"有事禀告大将军。"卫将军停在车前,东郭先生靠在车旁说:"王夫人新近得到皇帝的宠爱,家里贫困。如今将军获得黄金千斤,如果用其中的一半送给王夫人的父母,皇上知道了一定很高兴。这就是所谓巧妙而便捷的计策啊。"卫将军感谢他说:"先生幸亏把这便捷的计策告诉我,一定遵从指教。"于是卫将军就用五百斤黄金作为给王夫人父母的赠礼。王夫人将此事告诉了武帝。武帝说:"大将军不懂得做这件事。"问卫青从哪里得来的计策,回答说:"从候差的东郭先生那里得来的。"于是下令召见东郭先生,任命他为郡都尉。东郭先生长期在公车府候差，贫困饥寒，衣服破旧，鞋子也不完好。走在雪地里，鞋子有面无底，脚全都踩在地上。过路人嘲笑他，东郭先生回答他们说："谁能穿鞋走在雪地里，让人看去，鞋上面是鞋子，鞋子下面竟像人的脚呢？"等到他被任命为俸禄二千石的官，佩带着青绶，走出宫门，去辞谢他的主人时，旧时同他一起候差的，都分批的在都城郊外为他饯行。一路荣华显耀，名扬当代。这就是所谓的身穿粗布衣服，怀里却揣着珍宝的人。当他贫困时，大家都不理睬他；等到他显贵时，就争着去依附他。俗话说："相马因其外表消瘦而漏掉良马，相士因其外貌贫困而漏失人才。"难道说的就是这种情景吗？

王夫人病重，皇上亲自探望，问她说："你的儿子应当封为王，你要封他在哪里呢？"回答说："希望封在洛阳。"皇上说："不行。洛阳有兵器库、大粮仓，又位于交通关口，是天下的咽喉要道。从先帝以来，相传不在洛阳一带封王。不过关东一带的封国，没有比齐国更大的，可以封他为齐王。"王夫人用手拍着头，口呼："太幸运了"。王夫人死后，就称为"齐王太后逝世"。

从前，齐王派淳于髡去楚国进献黄鹄。出了都城门，中途那只黄鹄飞走了，他只好托着空笼子，编造了一篇假话，前去拜见楚王说："齐王派我来进献黄鹄，从水上经过，不忍心黄鹄干渴，放出让它喝水，不料离开我飞走了。我想要刺腹或勒脖子而死，又担心别人非议大王因为鸟兽的缘故致使士人自杀。黄鹄是羽毛类的东西，相似的很多，我想买一个相似的来代替，这既不诚实，又欺骗了大王。想要逃奔到别的国家去，又痛心齐楚两国君主之间的通使由此断绝。所以前来服罪，向大王叩头，请求责罚。"楚王说："很好，齐王竟有这样忠信的人。"用厚礼赏赐淳于髡，财物比进献黄鹄多一倍。

汉武帝时，召北海郡太守到皇帝行宫。有个执掌文书的府吏王先生，自动请求与太守一同前往，说："我会对您有好处。"太守答应了他。太守府中的许多府吏、功曹禀告说："王先生爱喝酒，闲话多，务实少，恐怕不宜同行。"太守说："王先生想要去，不好违背他的意愿。"于是就和他一同去了。来到宫门外，在官府门待命。王先生只顾揣着钱买酒，与卫队长官叙饮，整天醉醺醺的,不去看望太守。太守入宫拜见皇上。王先生对守门郎官说:"请替我呼唤我们太守到宫门口来,跟他远远地讲几句话。"守门郎官替他去呼唤太守。太守出来,看见了王先生。王先生说:"皇上假如问您如何治理北海郡,使那里没有盗贼,您对答些什么呢?"太守回答说:"选择贤能的人,按照他们的能力分别任用,奖赏才能超群的,处罚不图上进的。"王先生说:这样对答是自己称颂自己,自己夸耀功劳,不行啊。希望您回答说:不是臣的力量,完全是陛下神明威武发生的作用。"太守说:"好吧。"太守被召进宫中,走到殿下,有诏令问他说:"你是怎么治理北海郡,使盗贼不敢泛起的?"太守叩头回答说:"这不是臣的力量,完全是陛下神明威武发生的作用。"武帝大笑说:"啊呀!哪里学得长者的言语而称颂起来?何处听来的?"太守回答说:"是文学卒史教给的。"武帝说:"他现在何处?"太守回答说:"在官府门外。"武帝下诏召见,任命王先生为水衡丞,北海太守做水衡都尉。古书上说:"美好的言辞可以出卖,高贵的品行可以超人。君子用美言赠人,小人以钱财送人。"

魏文侯的时候,西门豹做邺县令。西门豹到了邺县,召集年高而有名望的人,询问民间感痛苦的事情。那些人回答说:"苦于给河神娶媳妇,因为这个缘故弄得贫困。"西门豹问其原因,回答说:"邺地的三老、廷掾常年向百姓征收赋税,收取他们的钱达数百万之多,用其中的二三十万为河神娶媳妇,再同庙祝、巫婆一同瓜分其余的钱,拿回家去。那期间,巫婆四处巡视,见到贫苦人家的女儿中长得漂亮的,就说这应该做河神的媳妇,当即下聘礼娶走。为她洗澡沐浴,给她缝制新的绸绢衣服,独住下来,静心养性,替她在河边盖起斋居的房子,挂上大红厚绢的帐子,让女孩住在里面。又给她宰牛造酒准备饭食,折腾十几天。到时,大家一同来装点乘浮之具,像出嫁女儿的床帐枕席一样,让这女孩坐在上面,放到河中漂行。起初漂在水面,漂流几十里就沉没了。那些有漂亮女子的人家,害怕大巫婆替河神娶他们的女儿,因此大多带着女儿远远的逃离了。所以城里越来越空虚,人越来越少,更加贫困了,这种情况已经很久了。民间俗话说:'假如不给河神娶媳妇,河水冲来淹没田产,淹死那些老百姓。'"西门豹说:"等到为河神娶媳妇时,请三老、巫婆、父老们到河边去送新娘,也希望来告诉我,我也要去送新娘。"大家说:"是。"

到了那一天,西门豹到河边同大家相会。三老、官吏、豪绅以及乡间的父老们都到了,连同观看的百姓共二三千人。那个大巫婆是个老太婆,年纪已有七十岁。随从的女弟子十几个,都穿着绸子单衣,站在大巫婆后面。西门豹说:"叫河神的媳妇过来,看看她美不美。"巫婆们就将新娘从帐子里扶出,来到西门豹面前。西门豹看了看,回头对三老、庙祝、巫婆及父老们说:"这个女孩不美,烦劳大巫婆到河中报告河神,需要调换一个漂亮女孩,后天送她来。"就让士兵一齐抱起大巫婆投进河里。过了一会儿,西门豹说:"大巫婆怎么一去这么久,还不回来呢? 徒弟去催促她一下。"又把一个徒弟投进河中。过了一会儿,又说:"徒弟怎么一去这么久不回来呢? 再派一个人去催促她们!"又把一个徒弟投进河里。总共投进河里三个徒弟。西门豹说:"巫婆、徒弟是女人,不会禀告事由,烦劳三老替我进去禀告河神。"又把三老投进河里。西门豹头上插着笔,弯着腰,面对河水站着等了很长时间。长者、官吏和旁观者都非常害怕。西门豹回头说:"巫婆、三老不回来,怎么办?"想再派廷掾和一个豪绅进去催促他们。廷掾和豪绅都跪在地上磕头,把头都磕破了,血流在地上,脸色如死灰一样。西门豹说:"好吧,暂且等待一会儿。"待了一会儿,西门豹说:"廷掾起来吧。看情景河神留客太久了,你们都离开这里回家吧。"邺县的官吏、百姓都很害怕,从此以后,不敢再说替河神娶媳妇了。

西门豹就征发百姓开凿了十二条渠道,引漳河水浇灌农田,农田都得到灌溉。在开凿河渠时,老百姓开渠多少是有些劳苦的,不很愿意干。西门豹说:"百姓可以同他们安享其成,却不可以同他们谋划事业的开创。现在父老子弟虽然以为我给他们带来辛苦,但是百年以后,希望让父老子弟们再想想我所说的话。"直到现在，那里都得到河水的利益，百姓因此富裕起来。十二条河渠横穿御道，到汉朝建立时，地方官吏认为十二条河渠上的桥梁截断了御道，彼此相距又很近，不行。想要合并渠水，并且把流经御道的那段，三条渠水合为一条，只架一桥。邺地的百姓不肯听从地方官吏的意见，认为那些渠道是经西门先生规划开凿的，贤良长官的法度规范是不能更改的。地方长官终于听取了大家的意见，放弃了并渠计划。所以西门豹做邺县令，名闻天下，恩德留传后世，难道能说他不是贤大夫吗？

古书上说："子产治理郑国，百姓不能欺骗他；子贱治理单父，百姓不忍心欺骗他；西门豹治理邺县，百姓不敢欺骗他。"他们三个人的才能，谁最高明呢？研究治道的人，当会分辨出来。

报任安书

司马迁

【原文】

太史公牛马走司马迁,再拜言。

少卿足下:曩者辱赐书,教以慎于接物,推贤进士为务,意气勤勤恳恳,若望仆不相师用,而流俗人之言。仆非敢如是也。

虽罢驽,亦侧闻长者遗风矣。顾自以为身残处秽,动而见尤,欲益反损,是以抑郁而无谁语。谚曰:"谁为为之?孰令听之!"盖钟子期死,伯牙终身不复鼓琴。何则?士为知己者用,女为说己者容。若仆,大质已亏缺矣,虽才怀随和,行若由夷,终不可以为荣,适足以发笑而自点耳。书辞宜答,会东从上来又迫贱事,相见日浅,卒卒无须臾之间,得竭指意。今少卿抱不测之罪涉旬月,近季冬,仆又簿从上上雍,恐卒然不可讳。是仆终已不得舒愤懑以晓左右,则长逝者魂魄私恨无穷。请略陈固陋。阙然久不报,幸勿过仆闻之:修身者,智之府也;受施者,仁之端也;取予者,义之符也耻辱者,勇之决也;立名者,行之极也。士有此五者,然后可以托于世,列于君子之林矣。故祸莫于欲利,悲莫痛于伤心,行莫丑于辱先,诟莫大于宫刑。刑余之人,无所比数,非一世也,所从来远矣。昔卫灵公与雍渠同载,孔子适陈;商鞅因景监见,赵良寒心;同子参乘,爰丝变色:自古而耻之。夫中材之人,事关于宦竖,莫不伤气,况忼慨之士乎?如今朝廷虽乏人,奈何令刀锯之余荐天下豪俊哉!仆赖先人绪业,得待罪辇毂下,二十余年矣。所以自惟:上之,不能纳忠效信,有奇策才力之誉,自结明主;次之,又不能拾遗补阙,招贤进能,显岩穴之士;外之,不能备行伍,攻城野战,有斩将搴旗之功;下之不能累日积劳,取尊官厚禄，以为宗族交游光宠。四者无一遂，苟合取容，无所短长之效，可见于此矣。向者仆亦尝厕下大夫之列，陪外廷末议，不以此时引维纲，尽思虑，今已亏形为扫除之隶，在阘茸之中，乃欲卬首信眉，论列是非，不亦轻朝廷羞当世之士邪！

嗟乎，嗟乎！如仆尚何言哉！且事本末未易明也。仆少负不羁之才，长无乡曲之誉。主上幸以先人之故，使得奉薄技，出入周卫之中。仆以为戴盆何以望天，故绝宾客之知，忘室家之业，日夜思竭其不肖之才力，务一心营职，以求亲媚于主上。而事乃有大谬不然者。夫仆与李陵，俱居门下，素非相善也。趣舍异路，未尝衔杯酒接殷勤之欢。然仆观其为人自奇士，事亲孝，与士信，临财廉，取予义，分别有让，恭俭下人。常思奋不顾身，以徇国家之急。其素所畜积也，仆以为有国士之风。夫人臣出万死不顾一生之计，赴公家之难，斯已奇矣。今举事一不当，而全躯保妻子之臣，随而谋蘖其短，仆诚私心痛之。且李陵提步卒不满五千，深践戎马之地，足历王庭，垂饵虎口，横挑强胡。亿万之师，与单于连战十余日，所杀过当，虏救死扶伤不给。旃裘之君长咸震怖，乃悉征左右贤王，举引弓之民，一国共攻而围之。转斗千里，矢尽道穷，救兵不至，士卒死伤如积。然陵一呼劳军，士无不起躬流涕，沫血饮泣，张空弮，冒白刃，北首争死敌。陵未没时，使有来报，汉公卿王侯皆奉觞上寿。后数日陵败，书闻，主上为之食不甘味，听朝不怡。大臣忧惧，不知所出。仆窃不自料其卑贱，见主上惨凄怛悼，诚欲效其款款之愚。以为李陵素与士大夫绝甘分少，能得人之死力，虽古名将不过也。身虽陷败彼观其意，且欲得其当而报汉。事已无可奈何，其所摧败，功亦足以暴于天下。仆怀欲陈之，而未有路。适会召问，即以此指，推言陵功。欲以广主上之意，塞睚眦之辞。未能尽明，明主不晓，以为仆沮贰师，而为李陵游说，遂下于理。拳拳之忠终不能自列，因为诬上，卒从吏议。家贫，财赂不足以自赎，交游莫救，左右亲近不为一言。身非木石，独与法吏为伍，深幽囹圄之中，谁可告者！此正少卿所亲见，仆行事岂不然邪？李陵既生降，其家声，而仆又茸以蚕室，重为天下观笑。

悲夫,悲夫!事未易一二为俗人言也。仆之先人,非有剖符丹书之功,文史星历,近乎卜祝之闻,固主上所戏弄,倡优畜之,流俗之所轻也。假令仆伏法受诛,若九牛亡一毛,与蝼蚁何异?而世又不与能死节者比,特以为智穷罪极,不能自免,卒就死耳。何也?素所自树立使然。人固有一死,死,有重于泰山,或轻于鸿毛用之所趋异也。太上不辱先,其次不辱身,其次不辱理色,其次不辱辞令;其次诎体受辱,其次易服受辱,其次关木索、被楚受辱,其次剔毛发、婴金铁受辱,其次毁肌肤、断支体受辱,最下腐刑极矣!传曰:"刑不上大夫。"此言士节不可不厉也。猛虎处深山,百兽震恐,及其在槛之中,摇尾而求食,积威约之渐也。故士有画地为牢,势不入;削木为吏,议不对,定计于鲜也。今交手足,受木索,暴肌肤,受榜,幽于圜墙之中当此之时,见狱吏则头枪地,视徒隶则心惕息。何者?积威约之势也。及已至此,言不辱者,所谓强颜耳,曷足贵乎!且西伯,伯也,拘牖里;李斯相也,具五刑;淮阴,王也,受械于陈;彭越、张敖,南向称孤,系狱具罪绛侯诛诸吕,权倾五伯,囚于请室;魏其,大将也,衣赭、关三木;季布为朱家钳奴,灌夫受辱居室。此人皆身至王侯将相,声闻邻国,及罪至罔加,不能引决自财,在尘埃之中,古今一休,安在其不辱也!由此言之,勇怯,势也;强弱,形也。审矣,曷足怪乎?且人不能蚤自财绳墨之外,已稍陵夷,至于鞭之间,乃欲引节,斯不亦远乎!古人所以重施刑于大夫者,殆为此也。夫人情莫不贪生恶死,念亲戚,顾妻子。至激于义理者不然,乃有不得已也。今仆不幸,蚤失二亲,无兄弟之亲,独身孤立。少卿视仆于妻子何如哉?且勇者不必死节,怯夫慕义,何处不勉焉!仆虽怯懦欲苟活亦颇识去就之分矣,何至自沉溺累绁之辱哉!且夫臧获婢妾犹能引决,况若仆之不得已乎?所以隐忍苟活,函粪土之中而不辞者,恨私心有所不尽,鄙没世而文采不表于后也。古者富贵而名摩灭,不可胜记,唯倜傥非常之人称焉。盖西伯拘而演《周易》;仲尼厄而作《春秋》;屈原放逐,乃赋《离骚》;左丘失明,厥有《国语》;孙子膑脚,《兵法》修列;不韦迁蜀,世传《吕览》;韩非囚秦,《说难》《孤愤》;《诗》三百篇,大抵圣贤发愤之所为作也。此人皆意有所郁结,不得通其道,故述往事,思来者。及如左丘无目,孙子断足,终不可用,退论书策,以舒其愤,思垂空文以自见。仆窃不逊,近自托于无能之辞,网罗天下放失旧闻,考之行事,稽其成败兴坏之理。上计轩辕,下至于兹,为十表、本纪十二、书八章、世家三十、列传七十,凡百三十篇。亦欲以究天人之际,通古今之变,成一家之言。草创未就,适会此祸,惜其不成,是以就极刑而无愠色。仆诚已著此书,藏之名山,传之其人,通邑大都。则仆偿前辱之责,虽万被戮,岂有悔哉!然此可为智者道,难为俗人言也。且负下未易居,下流多谤议。仆以口语遇遭此祸,重为乡党戮笑,污辱先人,亦何面目复上父母之丘墓乎?虽累百世,垢弥甚耳!是以肠一日而九回,居则忽忽若有所亡,出则不知所如往。每念斯耻,汗未尝不发背沾衣也。身直为闺之臣,宁得自引深藏于岩穴邪?故且从俗浮沉,与时俯仰,通其狂惑。今少卿乃教以推贤进士,无乃与仆之私指谬乎?

今虽欲自雕琢,曼辞以自解,无益于俗,不信,祗取辱耳。要之死日然后是非乃定。书不能尽意,故略陈固陋。谨再拜。

【译文】

少卿足下:前不久承蒙您给我写信,教导我要谨慎地待人接物,以推举贤能、引荐人才为己任,情意、态度十分恳切诚挚,但抱怨我没有遵从您的意见去推荐贤才,而去附和俗人的见解。其实,我并非敢这样做。我虽然平庸无能,但也曾听到过德高才俊的前辈遗留下来的风尚。只是我自认为身体已遭受摧残,又处于污浊的环境之中,每有行动便受到指责,想对事情有所增益,结果反而自己遭到损害,因此我独自忧闷而不能向人诉说。俗话说:"为谁去做,教谁来听?"钟子期死了,伯牙便一辈子不再弹琴。这是为什么呢?贤士乐于被了解自己的人所用,女子为喜爱自己的人而打扮。像我这样的人,身躯已经亏残,虽然才能像随侯珠、和氏璧那样稀有,品行像许由、伯夷那样高尚,终究不能用这些来引以为荣,恰好会引人耻笑而自取污辱。

来信本应及时答复,刚巧我侍从皇上东巡回来,后又为烦琐之事所逼迫,同您见面的日子很少,我又匆匆忙忙地没有些微空闲来详尽地表达心意。现在您蒙受意想不到的罪祸,再过一月,临近十二月,我侍从皇上到雍县去的日期也迫近了,恐怕突然之间您就会有不幸之事发生,因而使我终生不能向您抒发胸中的愤懑,那么与世长辞的灵魂会永远留下无穷的遗憾。请让我向您约略陈述浅陋的意见。隔了很长的日子没有复信给您,希望您不要责怪。

我听到过这样的说法:善于加强自我修养,智慧就聚于一身;乐于助人,是"仁"的起点;正当的取予,是推行"义"的依据;懂得耻辱,是勇的标志;建立美好的名声,是品行的终极目标。志士有这五种品德,然后就可以立足于社会,排在君子的行列中了。所以,祸患没有比贪利更悲惨的了,悲哀没有比心灵受创更痛苦的了,行为没有比污辱祖先更丑恶的了,耻辱没有比遭受宫刑更重大的了。受过宫刑的人,社会地位是没法比类的,这并非当今之世如此,这可追溯到很远的时候。从前卫灵公与宦官雍渠同坐一辆车子,孔子感到羞耻,便离开卫国到陈国去,商鞅靠了宦官景监的推荐而被秦孝公召见,贤士赵良为此寒心;太监赵同子陪坐在汉文帝的车上,袁丝为之脸色大变。自古以来,人们对宦官都是鄙视的。一个才能平常的人,一旦事情关系到宦官,没有不感到屈辱的,更何况一个慷慨刚强的志士呢?如今朝廷虽然缺乏人才,但怎么会让一个受过刀锯摧残之刑的人,来推荐天下的豪杰俊才呢?我凭着先人遗留下来的余业,才能够在京城任职,到现在已二十多年了。我常常这样想:上不能对君王尽忠和报效信诚,而获得有奇策和才干的称誉,从而得到皇上的信任;其次,又不能给皇上拾取遗漏,补正阙失,招纳贤才,推举能人,发现山野隐居的贤士;对外,不能整顿军队,攻城野战,以建立斩将夺旗的功劳;从最次要的方面来看,又不能每日积累功劳,谋得高官厚禄,来为宗族和朋友争光。这四个方面没有哪一方面做出成绩,我只能有意地迎合皇上的心意,以保全自己的地位。我没有些微的建树,可以从这些方面看出来。以前,我也曾置身于下大夫的行列,在朝堂上发表些不值一提的意见。我没有利用这个机会申张纲纪，竭尽思虑，到现在身体残废而成为打扫污秽的奴隶，处在卑贱者中间，还想昂首扬眉，评论是非，不也是轻视朝廷、羞辱了当世的君子们吗？唉！唉！像我这样的人，还有什么可说的！还有什么可说的！

　　而且，事情的前因后果一般人是不容易弄明白的。我在少年的时候就没有卓越不羁的才华，成年以后也没有得到乡里的称誉，幸亏皇上因为我父亲是太史令，使我能够获得奉献微薄才能的机会，出入官禁之中。我认为头上顶着盆子就不能望天，所以断绝了宾客的往来，忘掉了家室的事务，日夜都在考虑全部献出自己的微不足道的才干和能力，专心供职，以求得皇上的信任和宠幸。但是，事情与愿望违背太大，不是原先所料想的那样。我和李陵都在朝中为官，向来并没有多少交往，追求和反对的目标也不相同，从不曾在一起举杯饮酒，互相表示友好的感情。但是我观察李陵的为人，确是个守节操的不平常之人：奉事父母讲孝道，同朋友交往守信用，遇到钱财很廉洁，或取或予都合乎礼义，能分别长幼尊卑，谦让有礼，恭敬谦卑自甘人下，总是考虑着奋不顾身来赴国家的急难。他历来积铸的品德，我认为有国士的风度。做人臣的，从出于万死而不顾一生的考虑，奔赴国家的危难，这已经是很少见的了。现在他行事一有不当，而那些只顾保全自己性命和妻室儿女利益的臣子们，便跟着挑拨是非，夸大过错，陷人于祸，我确实从内心感到沉痛。况且李陵带领的兵卒不满五千，深入敌人军事要地，到达单于的王庭，好像在老虎口上垂挂诱饵，向强大的胡兵四面挑战，面对着亿万敌兵，同单于连续作战十多天，杀伤的敌人超过了自己军队的人数，使得敌人连救死扶伤都顾不上。匈奴君长都十分震惊恐怖，于是就征调左、右贤王，出动了所有会开弓放箭的人，举国上下，共同攻打李陵并包围他。李陵转战千里，箭都射完了，进退之路已经断绝，救兵不来，士兵死伤成堆。但是，当李陵振臂一呼，鼓舞士气的时候，兵士没有不奋起的，他们流着眼泪，一个个满脸是血，强忍悲泣，拉开空的弓弦，冒着白光闪闪的刀锋，向北拼死杀敌。当李陵的军队尚未覆没的时候,使者曾给朝廷送来捷报,朝廷的公卿王侯都举杯为皇上庆贺。几天以后,李陵兵败的奏书传来,皇上为此而饮食不安,处理朝政也不高兴。大臣们都很忧虑,害怕,不知如何是好。我私下里并未考虑自己的卑贱,见皇上悲伤痛心,实在想尽一点我那款款愚忠。我认为李陵向来与将士们同甘共苦,能够换得士兵们拼死效命的行动,即使是古代名将恐怕也没能超过的。他虽然身陷重围,兵败投降,但看他的意思,是想寻找机会报效汉朝。事情已经到了无可奈何的地步,但他摧垮、打败敌军的功劳,也足以向天下人显示他的本心了。我内心打算向皇上陈述上面的看法,而没有得到适当的机会,恰逢皇上召见,询问我的看法,我就根据这些意见来论述李陵的功劳,想以此来宽慰皇上的胸怀,堵塞那些攻击、诬陷的言论。我没有完全说清我的意思,圣明的君主不深入了解,认为我是攻击贰师将军,而为李陵辩解,于是将我交付狱官处罚。我的虔敬和忠诚的心意,始终没有机会陈述和辩白,被判了诬上的罪名,皇上终于同意了法吏的判决。我家境贫寒,微薄的钱财不足以拿来赎罪,朋友们谁也不出面营救,皇帝左右的亲近大臣又不肯替我说一句话。我血肉之躯本非木头和石块,却与执法的官吏在一起,深深地关闭在牢狱之中,我向谁去诉说内心的痛苦呢?这些,正是少卿所亲眼看见的,我的所作所为难道不正是这样吗?李陵投降以后,败坏了他的家族的名声,而我接着被置于蚕室,更被天下人所耻笑,可悲啊!可悲!

　　这些事情是不容易逐一地向俗人解释的。我的祖先没有剖符丹书的功劳,职掌文史星历,地位接近于卜官和巫祝一类,本是皇上所戏弄并当作倡优来畜养的人,是世俗所轻视的。假如我伏法被杀,那好像是九牛的身上失掉一根毛,同蝼蚁又有什么区别?世人又不会拿我之死与能殉节的人相比,只会认为我是智尽无能、罪大恶极,不能免于死刑,而终于走向死路的啊!为什么会这样呢?这是我向来所从事的职业以及地位,使人们会这样地认为。人固然都有一死,但有的人死得比泰山还重,有的人却比鸿毛还轻,这是因为他们为什么而死,这个趋向不同啊!一个人最重要的是不污辱祖先,其次是自身不受侮辱,再次是不因别人的脸色而受辱,再次是不因别人的言语而受辱,再次是被捆绑在地而受辱,再次是穿上囚服受辱,再次是戴上脚镣手铐、被杖击鞭笞而受辱,再次是被剃光头发、颈戴枷锁而受辱,再次是毁坏肌肤、断肢截体而受辱,最下等的是腐刑,侮辱到了极点。古书说"刑不上大夫",这是说士人讲节操而不能不加以自勉。猛虎生活在深山之中,百兽就都震恐,等到它落入陷阱和栅栏之中时,就只得摇着尾巴乞求食物,这是人不断地使用威力和约束而逐渐使它驯服的。所以,士子看见画地为牢而决不进入,面对削木而成的假狱吏也决不同他对答,这是由于早有主意,事先就态度鲜明。现在我的手脚交叉,被木枷锁住、绳索捆绑,皮肉暴露在外,受着棍打和鞭笞,关在牢狱之中。在这种时候,看见狱吏就叩头触地,看见牢卒就恐惧喘息。这是为什么呢?是狱吏的威风和禁约所造成的。事情已经到了这种地步,再谈什么不受污辱,那就是人们常说的厚脸皮了,有什么值得尊贵的呢?况且,像西伯姬昌,是诸侯的领袖,曾被拘禁在羑里;李斯,是丞相,也受尽了五刑;淮阴侯韩信,被封为王,却在陈地被戴上刑具;彭越、张敖被诬告有称帝野心,被捕入狱并定下罪名;绛侯周勃,曾诛杀诸吕,一时间权力大于春秋五霸,也被囚禁在请罪室中;魏其侯窦婴,是一员大将,也穿上了红色的囚衣,手、脚、颈项都套上了刑具;季布以铁圈束颈卖身给朱家当了奴隶;灌夫被拘于居室而受屈辱。这些人的身份都到了王侯将相的地位,声名传扬到邻国,等到犯了罪而法网加身的时候,不能引决自裁。在社会上,古今都一样,哪里有不受辱的呢?照这样说来,勇敢或怯懦,乃是势位所造成;强或弱,也是形势所决定。确实是这样,有什么奇怪的呢?况且人不能早早地自杀以逃脱于法网之外,而到了被摧残和被杖打受刑的时候,才想到保全节操,这种愿望和现实不是相距太远了吗?古人之所以慎重地对大夫用刑,就是因为这个缘故。人之常情,没有谁不贪生怕死的,都挂念父母,顾虑妻室儿女。至于那些激愤于正义公理的人当然不是这样,这里有迫不得已的情况。如今我很不幸,早早地失去双亲,又没有兄弟相爱护,独身一人,孤立于世,少卿你看我对妻室儿女又有何眷恋呢?况且一个勇敢的人不一定要为名节去死,怯懦的人仰慕大义,又何处不勉励自己呢?我虽然怯懦软弱,想苟活在人世,但也颇能区分弃生就死的界限,哪会自甘沉溺于牢狱生活而忍受屈辱呢?再说奴隶婢妾尚且懂得自杀,何况像我到了这样不得已的地步!我之所以忍受着屈辱苟且活下来,陷于粪土般的污浊环境中而不肯死的原因,是自恨我内心的志愿有所未尽,如果在屈辱中离开人世,那我的文章就不能公之于后世罢了。

古时候身虽富贵而名字磨灭不传的人,多得数不清,只有那些卓异而不平常的人才著称于世,那就是:西伯姬昌被拘禁而演绎《周易》;孔子受困厄而作《春秋》;屈原被放逐,才写了《离骚》;左丘明失去视力,才有《国语》;孙膑被截去膝盖骨,《兵法》才撰写出来;吕不韦被贬谪蜀地,后世才留传着《吕氏春秋》;韩非被囚禁在秦国,写出《说难》《孤愤》;《诗》三百篇,大抵都是一些圣贤发愤而写作的。这些都是人们感情有压抑郁结不解之处,不能实现其理想,所以记述过去的事迹,使将来的人了解他的志向。就像左丘明没有了视力,孙膑断了双脚,终于不能被人重用,便退而著书立说来抒发他们的怨愤,想留下没有实行的文章来表露自己的本心。我私下里也自不量力,近来用我那不高明的文辞,收集天下散失的历史传闻,粗略地考订其事实,综述其事实的本末,推究其成败盛衰的道理,上自黄帝,下至于当今,写成表十篇,本纪十二篇,书八篇,世家三十篇,列传七十篇,一共一百三十篇,也是想探求天道与人事之间的关系,贯通古往今来变化的脉络,成为一家之言。刚开始草创还没有完毕,恰恰遭遇到这场灾祸,我痛惜这部书不能完成,因此便接受了最残酷的刑罚而不敢有怒色。我现在真正的写完了这部书,打算把它藏进名山,传给可传的人,再让它留传进都市之中,那么,我便抵偿了以前所受的侮辱,即便是让我千次万次地被杀戮,又有什么后悔的呢!但是,这些只能向有见识的人诉说,却很难向世俗之人讲清楚啊!

再说,戴罪的处境是很不容易安生的,地位卑贱的人,往往被人诽谤和议论。我因为多嘴说了几句话而遭遇这场大祸,又被乡里之人、朋友羞辱和嘲笑,污辱了祖宗,又有什么面目再到父母的坟墓上去祭扫呢?即使是到百代之后,这污垢和耻辱会更加深重啊!因此我腹中肠子每日九转,坐在家中,精神恍恍惚惚,好像丢失了什么;出门则不知道往哪儿走。每当想到这件耻辱的事,冷汗没有不从脊背上冒出来而沾湿衣襟的。我已经成了宦官,怎么能够自己引退,深深地隐居在山林岩穴呢?所以只得随俗浮沉,跟着形势上下,以表现我狂放和迷惑不明。如今少卿竟教导我要推贤进士,这不是与我个人的旨趣相违背吗?现在我虽然想自我雕饰一番,用美好的言辞来为自己开脱,这也没有好处,因为世俗之人是不会相信的,只会使我自讨侮辱啊。简单地说,人要到死后的日子,然后是非才能够论定。书信是不能完全表达心意的,因而只是略为陈述我愚执、浅陋的意见罢了。再次向您致敬。

隆中对

陈 寿

【原文】

亮躬耕陇亩，好为《梁父吟》。身高八尺，每自比于管仲、乐毅，时人莫之许也。惟博陵崔州平、颍川徐庶元直与亮友善，谓为信然。

时先主屯新野。徐庶见先主，先主器之，谓先主曰："诸葛孔明者，卧龙也，将军岂愿见之乎？"先主曰："君与俱来。"庶曰："此人可就见，不可屈致也。将军宜枉驾顾之。"

由是先主遂诣亮，凡三往，乃见。因屏人曰："汉室倾颓，奸臣窃命，主上蒙尘。孤不度德量力，欲信大义于天大，而智太短浅，遂用猖獗，至于今日。然志犹未已，君谓计将安出？"

亮答曰："自董卓以来，豪杰并起，跨州连郡者不可胜数。曹操比于袁绍，则名微而众寡，然操遂能克绍，以弱为强者，非惟天时，抑亦人谋也。今操已拥百万之众，挟天子而令诸侯，此诚不可与争锋。孙权据有江东，已历三世。国险而民附，贤能为之用，此可以为援而不可图也。荆州北据汉、沔，利尽南海，东连吴、会，西通巴蜀，此用武之国，而其主不能守，此殆天所以资将军，将军岂有意乎？益州险塞，沃野千里，天府之土高祖国之以成帝业。刘璋软弱，张鲁在北，民殷国富而不知存恤，智能之士思得明君，将军既帝室之胄，信义著于四海，总揽英雄，思贤如渴，若跨有荆益，保其岩阻，西和诸戎，南抚夷、越，外结好孙权，内修政理，天下有变，则命一上将将荆州之军以向宛、洛，将军则身率益州之众出于秦川，百姓孰敢不箪食壶浆以迎将军者乎？诚如是，则霸业可成，汉室可兴矣。"

先主曰："善!"于是与亮情好日密。

关羽、张飞等不悦，先主解之曰："孤之有孔明，犹鱼之有水也。愿诸君勿复言。"羽、飞乃止。

【译文】

诸葛亮亲自耕种田地，喜爱吟唱《梁甫吟》。他身高八尺，常常把自己与管仲、乐毅相比，当时的人没有谁承认这一点。只有博陵崔州平，颖川的徐庶徐元直跟他交情很好，说是确实这样。

当时刘备驻军在新野。徐庶拜见刘备，刘备很器重他，徐庶对刘备说："诸葛孔明，是卧龙啊，将军可愿意见他吗?"刘备说："您和他一起来吧。"徐庶说："这个人只能到他那里去拜访，不能委屈他，召他上门来，您应当屈身去拜访他。"

于是刘备就去拜访诸葛亮，共去了三次，才见到。刘备于是叫旁边的人避开，说："汉朝的天下崩溃，奸臣窃取了政权，皇上逃难出奔。我没有估量自己的德行，衡量自己的力量，想要在天下伸张大义，但是自己的智谋浅短、办法很少，终于因此失败，造成今天这个局面。但是我的志向还没有罢休，您说该采取怎样的计策呢?"

诸葛亮回答道："自董卓篡权以来，各地豪杰纷纷起兵，占据几个州郡的数不胜数。曹操与袁绍相比，名声小，兵力少，但是曹操能够战胜袁绍，从弱小变为强大，不仅是时机好，而且也是人的谋划得当。现在曹操已拥有百万大军，挟制皇帝来号令诸侯，这的确不能与他较量。孙权占据江东，已经历了三代，地势险要，民众归附，有才能的人被他重用，孙权这方面可以以他为外援，而不可谋取他。荆州的北面控制汉、沔二水，一直到南海的物资都能得到，东面连接吴郡和会稽郡，西边连通巴、蜀二郡，这是兵家必争的地方，但是他的主人刘表不能守住，这地方大概是老天用来资助将军的，将军难道没有占领的意思吗? 益州有险要的关塞，有广阔肥沃的土地，是自然条件优越，物产丰饶，形势险固的地方，汉高祖凭着这个地方而成就帝王业绩的。

益州牧刘玲昏庸懦弱，张鲁在北面占据汉中，人民兴旺富裕、国家强盛，但他不知道爱惜人民。有智谋才能的人都想得到贤明的君主。将军您既然是汉朝皇帝的后代，威信和义气闻名于天下，广泛地罗致英雄，想得到贤能的人如同口渴一般，如果占据了荆州、益州，凭借两州险要的地势，西面和各族和好，南面安抚各族，对外跟孙权结成联盟，对内改善国家政治；天下形势如果发生了变化，就派一名上等的将军率领荆州的军队向南阳、洛阳进军，将军您亲自率领益州的军队出击秦川，老百姓谁敢不用竹篮盛着饭食，用壶装着酒来欢迎您呢？如果真的做到这样，那么霸业就可以完成，汉朝的政权就可以复兴了。"

刘备说："好！"从此同诸葛亮的情谊一天天地深厚了。

关羽、张飞等人不高兴了，刘备劝解他们说："我有了孔明，就像鱼得到水一样。希望你们不要再说什么了。"关羽、张飞才平静下来。

前出师表

诸葛亮

【原文】

臣亮言："先帝创业未半而中道崩殂，今天下三分，益州疲敝，此诚危急存亡之秋也。然侍卫之臣不懈于内，忠志之士忘身于外者，盖追先帝之殊遇，欲报之于陛下也。诚宜开张圣听，以光先帝遗德，恢宏志士之气，不宜妄自菲薄，引喻失义，以塞忠谏之路也。

"宫中府中俱为一体，陟罚臧否，不宜异同。若有作奸犯科及为忠善者，宜付有司论其刑赏，以昭陛下平明之治，不宜偏私，使内外异法也。

"侍中、侍郎郭攸之、费、董允等，此皆良实，志虑忠纯，是以先帝简拔以遗陛下。愚以为宫中之事，事无大小，悉以咨之，然后施行，必能裨补阙漏，有所广益。将军向宠，性行淑均，晓畅军事，试用于昔日，先帝称之曰能，是以众议举宠以为督。愚以为营中之事，事无大小，悉以咨之，必能使行阵和睦，优劣得所也。亲贤臣，远小人，此先汉所以兴隆也；亲小人，远贤臣，此后汉所以倾颓也。先帝在时，每与臣论此事，未尝不叹息痛恨于桓、灵也。侍中、尚书、长史、参军，此悉贞亮死节之臣也，愿陛下亲之信之，则汉室之隆，可计日而待也。

"臣本布衣，躬耕于南阳，苟全性命于乱世，不求闻达于诸侯。先帝不以臣卑鄙，猥自枉屈，三顾臣于草庐之中，咨臣以当世之事，由是感激，遂许先帝以驱驰。后值倾覆，受任于败军之际，奉命于危难之间，尔来二十有一年矣。先帝知臣谨慎，故临崩寄臣以大事也。受命以来，夙夜忧叹，恐托付不效，以伤先帝之明，故五月渡泸，深入不毛。今南方已定，兵甲已足，当奖帅

56

中国古典名著精华

三军,北定中原,庶竭驽钝,攘除奸凶,兴复汉室,还于旧都。此臣之所以报先帝,而忠陛下之职分也。至于斟酌损益,进尽忠言,则攸之、允之任也。

愿陛下托臣以讨贼兴复之效;不效,则治臣之罪,以告先帝之灵。若无兴德之言,则责攸之、允之咎,以彰其慢。陛下亦宜自谋,以咨诹善道,察纳雅言,深追先帝遗诏,臣不胜受恩感激。今当远离,临表涕泣,不知所云。"

【译文】

臣诸葛亮上言:先帝创立帝业还没有完成一半,就中途去世了。现在,天下已分成魏、蜀、吴三国,我们蜀国人力疲惫,物力又很缺乏,这确实是国家危急存亡的关键时刻。然而,侍卫大臣们在官廷内毫不懈怠,忠诚有志的将士在疆场上舍身作战,这都是因为追念先帝在世时对他们的特殊待遇,想报效给陛下啊。陛下确实应该广泛地听取群臣的意见,发扬光大先帝留下的美德,弘扬志士们的气概;不应该随随便便地看轻自己,言谈中称引譬喻不合大义(说话不恰当),以致堵塞忠臣进谏劝告的道路。

皇宫的侍臣和丞相府的官吏都是一个整体,对他们的提升、处分、表扬、批评,不应该因人而有什么差别。如果有营私舞弊、违犯法律和尽忠行善的人,陛下应交给主管的官吏,由他们评定应得的处罚或奖赏,用来表明陛下公正严明的治理方针。不应偏袒徇私,使得官内和官外有不同的法则。

侍中郭攸之、费祎、侍郎董允等人,他们都是忠良诚实的人,他们的志向和心思忠诚无二,因此先帝把他们选拔出来留给陛下。我认为官中的事情,无论大小,陛下都应征询他们,然后再去实施,这样一定能补求欠缺疏漏的地方,获得更好的效果。将军向宠,性格和善,品德公正,精通军事,从前经过试用,先帝称赞他有才能,因此大家商议推举他做中部督。我认为军营中的事务,无论大小,都应与他商量,这样一定能使军队团结协作,将士才干高的差的、队伍强的弱的,都能够得到合理的安排。亲近贤臣,疏远小人,这是前汉兴隆昌盛的原因;亲近小人,疏远贤臣,这是后汉所以倾覆衰败的原因。先帝在世时,每次与我谈论这些事,没有一次不对桓、灵二帝感到叹息、惋惜痛心的。侍中郭攸之、费祎，尚书陈震，长史张裔，参军蒋琬，这些都是忠贞贤良能够以死报国的忠臣，希望陛下亲近他们、信任他们，那么汉室的兴隆就指日可待了。

我本来是一介平民，在南阳亲自种田，只求能在乱世中暂且保全性命，不奢求在诸侯面前有什么名气。先帝不因我身世卑微、见识短浅，反而降低自己的身份，三次到草庐里来访问我，向我征询对当今天下大事的意见，我因此十分感激，于是答应先帝愿为他奔走效劳。后来遇到失败，我在战败的时候接到委任，在危难的时候奉命出使东吴，从那时到现在已经二十一年了。先帝知道我谨慎，因此在临终前把国家大事托付给我。自从接受任命以来，我日夜忧虑叹息，担心不能将先帝的托付的事情办好，有损先帝的圣明。所以我在五月渡过泸水，深入到荒凉的地方。现在南方已经平定，兵器已经准备充足，应当鼓舞并率领三军，向北方平定中原。希望全部贡献出自己平庸的才能，铲除奸邪凶恶的曹魏，复兴汉室，回到原来的都城洛阳。这是我用来报答先帝并忠于陛下的职责的本分。至于对政事的斟酌兴废，进献忠诚的建议，那是郭攸之、费祎、董允等人的责任。

希望陛下把讨伐奸贼、复兴汉室的任务交给我，如果没有完成，就请治我重罪，来告慰先帝在天之灵。如果没有劝勉陛下宣扬圣德的忠言，就责备郭攸之、费祎、董允等人的怠慢，来揭露他们的过失；陛下自己也应该认真考虑国家大事，征询治理国家的好办法，听取正确的意见，深切追念先帝的遗训。如果能够这样，我就受恩感激不尽了。现在我就要辞别陛下远行了，面对奏表热泪纵横，不知说了些什么。

后出师表

诸葛亮

【原文】

先帝虑汉、贼不两立,王业不偏安,故托臣以讨贼也。以先帝之明,量臣之才,固知臣伐贼才弱敌强也;然不伐贼,王业亦亡,惟坐而待亡,孰与伐之?是故托臣而弗疑也。

臣受命之日,寝不安席,食不甘味,思惟北征,宜先入南,故五月渡泸,深入不毛,并日而食。臣非不自惜也,顾王业不可偏安于蜀都,故冒危难以奉先帝之遗意,而议者谓为非计。今贼适疲于西,又务于东,兵法乘劳,此进趋之时也。谨陈其事如左:

高帝明并日月,谋臣渊深,然涉险被创,危然后安。今陛下未及高帝,谋臣不如良、平,而欲以长策取胜,坐定天下,此臣之未解一也。刘繇、王朗各据州郡,论安言计,动引圣人,群疑满腹,众难塞胸,今岁不战,明年不征,使孙策坐大,遂并江东,此臣之未解二也。曹操智计殊绝于人,其用兵也,仿佛孙、吴,然困于南阳,险于乌巢,危于祁连,逼于黎阳,几败北山,殆死潼关,然后伪定一时尔,况臣才弱,而欲以不危而定之,此臣之未解三也。曹操五攻昌霸不下,四越巢湖不成,委任李服而李服图之,委任夏侯而夏侯败亡。先帝每称操为能,犹有此失,况臣驽下何能必胜?此臣之未解四也。自臣到汉中,中间期年耳,然丧赵云、阳群、马玉、阎芝、丁立、白寿、刘合、邓铜等及曲长、屯将七十余人,突将无前、賨、青羌散骑、武骑一千余人,此皆数十年之内,所纠合四方之精锐,非一州之所有;若复数年,则损三分之二也,当何以图敌?此臣之未解五也。今民穷兵疲,而事不可息;事不可息,则住与行,劳费正等,而不及早图之,欲以一州之地与贼持久,此臣之未解六也。

夫难平者,事也。昔先帝败军于楚,当此时,曹操拊手,谓天下已定。然后先帝东连吴、越,西取巴、蜀,举兵北征,夏侯授首,此操之失计而汉事将成也。然后吴更违盟,关羽毁败,秭归蹉跌,曹丕称帝。凡事如是,难可逆料。臣鞠躬尽力,死而后已,至于成败利钝,非臣之明所能逆睹也。

【译文】

先帝考虑到蜀汉和曹贼是不能同时存在的,复兴王业不能偏安一方,所以他才把征讨曹贼的大事托付给我。凭着先帝的英明来衡量我的才干,本来他是知道征讨曹贼,我的才能是很差的,而敌人是强大的。但是不征伐曹贼,他所创建的王业也会丢掉,坐着等待灭亡,哪里比得上去讨伐敌人呢?因此先帝毫不迟疑地把讨伐曹贼的事业托付给我。

我接受遗命以后,每天睡不安稳,吃饭不香。想到为了征伐北方的敌人,应该先去南方平定各郡,所以我五月领兵渡过泸水,深入到连草木五谷都不生长的地区作战,两天才吃得下一天的饭。不是我自己不爱惜自己,只不过是想到蜀汉的王业决不能够偏安在蜀都,所以我冒着艰难危险来奉行先帝的遗意。可是有些发议论的人却说这样做不是上策。如今曹贼刚刚在西方显得疲困,又竭力在东方和孙吴作战,兵法上说要趁敌军疲劳的时候向他进攻,现在正是进兵的时候。我恭敬地把一些情况向陛下陈述如下:

高帝像日月一样英明,谋臣们智谋渊博深远,却是经历过艰险,受过创伤,遭遇危难以后才得到安全,现在陛下未必赶得上高帝,谋臣不如张良、陈平,却想采用长期相持的策略来取得胜利,安然平定天下,这是我不理解的第一点。

刘繇、王朗,各自占据州郡,在谈论如何才能安全、提出种种计谋时,动不动就引用圣贤的话,满腹都是疑问,胸中塞满了难题,今年不战,明年又不出征,使得孙策安然强大起来,于是吞并了江东。这是我不理解的第二点。

曹操的智慧计谋,远远地超过一般人,他用起兵来就好像孙膑、吴起一样,可是他却曾在南阳受困,在乌巢处于险境,在祁连山上遭到危险,在黎阳被逼,几乎在北山失败,差一点死在潼关,后来才在表面上稳定了一段时间。何况我的才力很弱,却打算不经历危险来安定天下。这是我不理解的第三点。

曹操五次攻打昌霸没有获胜,四次渡过巢湖没有获得成功,任用李服,可是李服却图谋杀死他,委任夏侯渊,可是夏侯渊却战败身亡。先帝常常称赞曹操是个有才能的人,他还有这些失误的地方,何况我才能平庸低下,哪里就一定能获胜呢? 这是我不理解的第四点。

自从我到汉中,其间不过一年罢了,可是却失去了赵云、阳群、马玉、阎芝、丁立、白寿、刘合、邓铜等人,以及部中的首领、屯兵中的将官共七十多人,冲锋向前的将领,元前、羌民族将士以及散骑、武骑各路骑兵一千多人,这都是几十年来从四处聚合起来的精锐力量,不是一州所能具有的。如果再过几年,那就要损失全军的三分之二,那时拿什么兵力去消灭敌人呢? 这是我不理解的第五点。

现在百姓穷困、兵士疲惫,可是战争不能停止。战争不能停止,那军队驻扎下来和去攻打敌人,所付出的辛劳和费用正好是相等的。既是这样,不趁现在考虑攻取北方,却想用一州之地,去和曹贼长期相持。这是我不理解的第六点。

天下的事情是很难评论断定的。从前先帝在楚地打了败仗,在这时,曹操拍手称快,认为天下已被他平定了。以后先帝东边联合吴越,西边攻取巴蜀,发兵向北征讨,夏侯渊就被杀掉了,这是曹操未曾想到的,而复兴汉朝的大业将要成功了。后来东吴改变态度,违背了盟约,关羽兵败被杀,先帝又在秭归失误,曹丕称帝,所有的事情都像这样,很难预料。我小心谨慎地为国献出我的一切力量,直到死为止。至于事业是成功是失败,进行得顺利还是不顺利,那就不是我的智慧所能够预见的了。

与吴质书

曹 丕

【原文】

二月三日,丕白。

岁月易得,别来行复四年,三年不见,《东山》犹叹其远,况乃过之,思何可支?虽书疏往返,未足解其劳结。

昔年疾疫,亲故多离其灾,徐、陈、应、刘,一时俱逝,痛可言邪!昔日游处,行则连舆,止则接席,何曾须臾相失?每至觞酌流行,丝竹并奏,酒酣耳热,仰而赋诗。当此之时,忽然不自知乐也。谓百年己分可长其相保,何图数年之间,零落略尽,言之伤心!顷撰其遗文,都为一集,观其姓名,已为鬼录。追思昔游,犹在心目,而此诸子,化为粪壤,可复道哉!

观古今文人,类不护细行,鲜能以名节自立,而伟长独怀文抱质,恬淡寡欲,有箕山之志,可谓彬彬君子者矣。著《中论》二十余篇,成一家之言,词义典雅,足传于后,此子为不朽矣。德琏常斐然有述作之意,其才学足以著书,美志不遂,良可痛惜。间者历览诸子之文,对之抆泪,既痛逝者,行自念也。孔璋章表殊健,微为繁富,公干有逸气,但未遒耳。其五言诗之善者,妙绝时人。元瑜书记翩翩,致足乐也。仲宣独自善于词赋,惜其体弱不足起其文。至于所善,古人无以远过。昔伯牙绝弦于钟期,仲尼覆醢于子路,痛知音之难遇,伤门人之莫逮,诸子但为未及古人,自一时之俊也。今之存者,已不逮矣。后生可畏来者难诬,然恐吾与足下不及见也。

年行已长大,所怀万端,时有所虑,至通夜不瞑,志意何复类昔日?已成老翁,但未白头耳。光武言,“年三十余,在兵中十岁,所更非一。”吾德不及之,年与之齐矣。以犬羊之质,服虎豹之文,无众星之明,假日月之光,动见瞻观,何时易乎? 恐永不复得为昔日游也。

少壮真当努力,年过一往,何可攀援古人思秉烛夜游,良有以也。顷何以自娱? 颇复有所述造不? 东望于邑,裁书叙心,丕白。

【译文】

二月三日,曹丕陈说。时间过得很快,我们分别又将四年。三年不见,《东山》诗里的士兵尚且感叹离别时间太长,何况我们分别都已经超过三年,思念之情怎么能够忍受呢! 虽然书信来往,不足以解除郁结在心头的深切怀念之情。

前一年流行疾疫,亲戚朋友多数遭受不幸,徐干、陈琳、应瑒、刘桢,很快相继都去世,我内心的悲痛怎么能用言语表达啊? 过去在一起交往相处,外出时车子连着车子,休息时座位相连,何曾片刻互相分离! 每当我们互相传杯饮酒的时候,弦乐管乐一齐伴奏,酒喝得痛快,满面红光,仰头吟诵自己刚作出的诗,每当沉醉在欢乐的时候,恍惚间却未觉得这是难得的欢乐。我以为百年长寿是每人应有一份,长久地相互在一起,怎想到几年之间,这些好朋友差不多都死光了,说到这里非常痛心。近来编定他们的遗著,合起来成为一本集子,看他们的姓名,已经是在阴间死者的名册。追想过去交往相好的日子,还历历在目,而这些好友,都死去化为粪土,怎么忍心再说呢?

纵观古今文人,大多都不拘小节,很少能在名誉和节操上立身的。但只有徐干既有文才,又有好的品德,宁静淡泊,少嗜欲,有不贪图权位隐退之心,可以说是文雅而又朴实的君子。他著有《中论》二十多篇,自成一家的论著,文辞典雅,足以留传后世,他的精神、成就永远存在。应瑒文采出众常有著述之意,他的才能学识足以著书,但他美好的愿望没有实现,实在应该痛惜。近来遍阅他们的文章,看后不禁拭泪,既痛念逝去的好友,而且又想到自己生命短促。陈琳的章表文笔很雄健有力,但稍微有些冗长。刘桢的文风洒脱奔放,只是还不够有力罢了,他的五言诗很完美,在同代人中最妙。

阮瑀的书札文词美丽，使人感到十分快乐。王粲擅长辞赋，可惜风格纤弱，不能够振作起文章气势，至于他擅长的，古代没有人能超过很远。过去伯牙在钟子期死后破琴绝弦，终身不再鼓琴，痛惜知音难遇，孔子听说子路被卫人杀害，剁成肉酱，命人将家里的肉酱倒掉，悲伤弟子当中没有能比得上子路的。这些人只是有些还不及古人，也算一代优秀人才，现在活着的人，已没有人能比得上的了。将来定有优秀人才出现，后来之人难于轻视，但是恐怕我与您不能赶上见到了。

年龄已经增大，心中所想的千头万绪，时常有所思虑，以至整夜不眠，志向和意趣什么时候能再像过去那样高远呢？已经变成老翁，只不过没有白头发罢了。东汉光武帝说："三十多岁，在军队中十年，所经历的事不止一件。"我的才能赶不上他，但是年龄和他一样大了，凭低下的才能却处在很高地位，德才不足，只是凭借父亲曹操之力而有高位，一举一动都有人注意，什么时候才能改变这种情况呢？恐怕永远不能再像过去那样游玩了。年轻人的确应当努力，年龄一旦过去，时光怎么能留得住，古人想夜里拿着蜡烛游玩，确实很有道理啊。

近来您用什么自我娱乐？再有什么著作吗？向东望去非常悲伤，写信来叙述内心情感。曹丕陈说。

汉魏六朝文

与山巨源绝交书

嵇　康

【原文】

康白：足下昔称吾于颍川，吾常谓之知言，然经怪此意尚未熟悉于足下，何从便得之也。前年从河东还，显宗、阿都说足下议以吾自代，事虽不行，知足下故不知之。

足下傍通，多可而少怪，吾直性狭中，多所不堪，偶与足下相知耳。间闻足下迁，惕然不喜；恐足下羞疱人之独割，引尸祝以自助，手荐鸾刀，漫之膻腥，故具为足下陈其可否。吾昔读书，得并介之人，或谓无之，今乃信其真有耳。性有所不堪真不可强。今空语同知有达人，无所不堪，外不殊俗，而内不失正，与一世同其波流，而悔吝不生耳。老子、庄周，吾之师也，亲居贱职；柳下惠东方朔，达人也，安乎卑位。吾岂敢短之哉！又仲尼兼爱，不羞执鞭；子文无欲卿相，而三登令尹。是乃君子思济物之意也。所谓达能兼善而不渝穷则自得而无闷。以此观之，故尧、舜之君世，许由之岩栖，子房之佐汉接舆之行歌，其揆一也。仰瞻数君，可谓能遂其志者也。故君子百行，殊途而同致，循性而动，各附所安。故有外朝廷而不出，入山林而不返之论。且延陵高子臧之风，长卿慕相如之节，志气所托，不可夺也。吾每读尚子平、台孝威传，慨然慕之，想其为人。少加孤露，母兄见骄，不涉经学。性复疏懒，筋驽肉缓，头面常一月十五日不洗，不大闷痒，不能沐也每常小便，而忍不起，令胞中略转乃起耳。又纵逸来久，情意傲散，简与礼相背，懒与慢相成，而为侪类见宽，不攻其过。又读《庄》《老》，重增其放，故使荣进之心日颓，任实之情转笃。此由禽鹿，少见驯育，则服从教制；长而见羁，则狂顾顿缨，赴蹈汤火；虽饰以金镳，飨以嘉肴，逾思长林而志在丰草也。阮嗣宗口不论人过，吾每师之，而未能及；至性过人，与物无伤，唯饮酒过差耳。至为礼法之士所绳，疾之如雠，幸赖大将军保持之耳。吾不如嗣宗之贤，而有慢弛之阙，又不识人情，暗于机宜；无万石之慎，而有好尽之累。久与事接，疵衅日兴，虽欲无患，其可得乎！又人伦有礼，朝廷有法，自惟至熟，有必不堪者七，甚不可者二：卧喜晚起，而当关呼之不置，一不堪也。抱琴行吟，弋钓草野，而吏卒守之，不得妄动，二不堪也危坐一时，痹不得摇，性复多，把搔无已，而当裹以章服，揖拜上官，三不堪也。素不便书，又不喜作书，而人间多事，堆案盈机，不相酬答，则犯教伤义，欲自勉强，则不能久，四不堪也。不喜吊丧，而人道以此为重，已为未见恕者所怨，至欲见中伤者。虽瞿然自责，然性不可化，欲降心顺俗，则诡故不情，亦终不能获无咎无誉。如此，五不堪也。不喜俗人，而当与之共事，或宾客盈坐，鸣声聒耳，嚣尘臭处，千变百伎，在人目前，六不堪也。心不耐烦，而官事鞅掌，机务缠其心，世故繁其虑，七不堪也。又每非汤、武而薄周孔，在人间不止此事，会显世教所不容，此甚不可一也。刚肠疾恶，轻肆直言，遇事便发，此甚不可二也。以促中小心之性，统此九患，不有外难，当有内痛，宁可久处人间耶？又闻道士遗言，饵术、黄精，令人久寿，意甚信之；游山泽，观鱼鸟，心甚乐之；一行作吏，此事便废，安能舍其所乐而从其所惧哉！夫人之相知，贵识其天性，因而济之。禹不逼伯成子高，全其节也仲尼不假盖于子夏，护其短也；近诸葛孔明不元直以入蜀，华子鱼不强幼安以卿相，此可谓能相终始，真相知者也。足下见直木不可以为轮曲者不可以为桷，盖不欲以枉其天才，令得其所民。故四民有业，各以得志为乐，唯达者为能通之，此足下度内耳。不可自见好章甫，强越人以文冕也；己嗜臭腐，养鸳雏以死鼠也。吾顷学养生之术，方外荣华，去滋味游心于寂寞，以无为为贵，纵无九患，尚不顾足下所好者。又有心闷疾顷转增笃，私意自试，不能堪其所不乐。自卜已审，若道尽途穷则已耳足下无事冤之，今转于沟壑也。吾新失母兄之欢，意常切。女年十三，男年八岁，未及成人，况复多病。顾此

中
国
古
典
名
著
精
华

恨恨,如何可言!今但愿守陋巷,教养子孙,时与亲旧叙阔陈说平生,浊酒一杯,弹琴一曲,志愿毕矣。足下若嬲之不置,不过欲为官得人,以益时用耳。足下旧知吾潦倒粗疏,不切事情,自惟亦皆不如今日之贤能也。若以俗人皆喜荣华,独能离之,以此为快,此最近之,可得言耳。然使长才广度,无所不淹,而能不营,乃可贵耳。若吾多病困,欲离事自全,以保余年,此真所乏耳,岂可见黄门而称贞哉!若趣欲共登王途,期于相致,时为欢益,一旦迫之,必发其狂疾,自非重怨,不至于此也。野人有快炙背而美芹子者,欲献之至尊,虽有区区之意,亦已疏矣愿足下勿似之。其意如此,既以解足下,并以为别。嵇康白。

【译文】

嵇康谨启:过去您曾在山嵚面前称说我不愿出仕的意志,我常说这是知己的话。但我感到奇怪的是您对我还不是非常熟悉,不知是从哪里得知我的志趣的?前年我从河东回来,显宗和您都对我说,您曾经打算要我来接替您的职务,这件事情虽然没有实现,但由此知道您以往并不了解我。您遇事善于应变,对人称赞多而批评少;我性格直爽,心胸狭窄,对很多事情不能忍受,只是偶然跟您交上朋友罢了。近来听说您升官了,我感到十分忧虑,恐怕您不好意思独自做官,要拉我充当助手,正像厨师羞于一个人做菜,要拉祭师来帮忙一样,这等于使我手执屠刀,也沾上一身腥臊气味,所以向您陈说一下可不可以这样做的道理。

我从前读书的时候,听说有一种既能兼济天下又是耿介孤直的人,总认为是不可能的,现在才真正相信了。性格决定有的人对某些事情不能忍受,真不必勉强。现在大家都说有一种对任何事情都能忍受的通达的人,他们外表上跟一般世俗的人没有两样,而内心却仍能保持正道,能够与世俗同流合污而没有悔恨的心情,但这只是一种空话罢了。老子和庄周都是我要向他们学习的人,他们的职位都很低下;柳下惠和东方朔都是通达的人,他们都安于贱职,我哪里敢轻视议论他们呢!又如孔子主张博爱无私,为了追求道义,即使去执鞭赶车他也不会感到羞愧。子文没有当卿相的愿望,而三次登上令尹的高位,这就是君子想救世济民的心意。这也是前人所说的在显达的时候能够兼善天下而始终不改变自己的意志,在失意的时候能够独善其身而内心不觉得苦闷。从以上所讲的道理来看,尧、舜做皇帝,许由隐居山林,张良辅助汉王朝,接舆唱着歌劝孔子归隐,彼此的处世之道是一致的。看看上面这些人,可以说都是能够实现他们自己志向的了。所以君子表现的行为、所走的道路虽然各不相同,但同样可以达到相同的目的,顺着各自的本性去做,都可以得到心灵的归宿。所以就有朝廷做官的人为了禄位,因此入而不出,隐居山林的人为了名声,因此往而不返的说法。季札推崇子臧的高尚情操,司马相如爱慕蔺相如的气节,以寄托自己的志向,这是没有办法可以勉强改变的。每当我读尚子平和台孝威传的时候,对他们十分赞叹和钦慕,经常想到他们这种高尚的情操。再加上我年轻时就失去了父亲,身体也比较瘦弱,母亲和哥哥对我很娇宠,不去读那些修身致仕的经书。我的性情又比较懒惰散漫,筋骨迟钝,肌肉松弛,头发和脸经常一月或半月不洗,如不感到特别发闷发痒,我是不愿意洗的。小便常常忍到使膀胱发胀得几乎要转动,才起身去便。又因为放纵过久,性情变得孤傲散漫,行为简慢,与礼法相违背,懒散与傲慢却相辅相成,而这些都受到朋辈的宽容,从不加以责备。又读了《庄子》和《老子》之后,我的行为更加放任。因此,追求仕进荣华的热情日益减弱,而放任率真的本性则日益加强。这像麋鹿一样,如果从小就捕捉来加以驯服养育,那就会服从主人的管教约束;如果长大以后再加以束缚,那就一定会疯狂地乱蹦乱跳,企图挣脱羁绊它的绳索,即使赴汤蹈火也在所不顾;虽然给它带上金的笼头,喂它最精美的饲料,但它还是强烈思念着生活惯了的茂密树林和丰美的百草。

阮籍嘴里不议论别人的过失,我常想学习他但没有能够做到;他天性淳厚超过一般人,待人接物毫无伤害之心,只有饮酒过度是他的缺点。以致因此受到那些维护礼法的人们的攻击,像仇人一样的憎恨他,幸亏得到了大将军的保护。我没有阮籍那种天赋，却有傲慢懒散的缺点；又不懂得人情世故，不能随机应变；缺少万石君那样的谨慎，而有直言不知忌讳的毛病。倘若长久与人事接触，得罪人的事情就会每天发生，虽然想避掉灾祸，又怎么能够做得到呢？还有君臣、父子、夫妻、兄弟、朋友之间都有一定的礼法，国家也有一定的法度，我已经考虑得很周到了，但有七件事情我是一定不能忍受的，有两件事情是无论如何不可以这样做的：我喜欢睡懒觉，但做官以后，差役就要叫我起来，这是第一件我不能忍受的事情。我喜欢抱着琴随意边走边吟，或者到郊外去射鸟钓鱼，做官以后，吏卒就要经常守在我身边，我就不能随意行动，这是第二件我不能忍受的事情。做官以后，就要端端正正地坐着办公，腿脚麻木也不能自由活动，我身上又多虱子，一直要去搔痒，而要穿好官服，迎拜上级官长，这是第三件我不能忍受的事情。我向来不善于写信，也不喜欢写信，但做官以后，要处理很多人间世俗的事情，公文信札堆满案桌，如果不去应酬，就触犯礼教失去礼仪，倘使勉强应酬，又不能持久，这是第四件我不能忍受的事情。我不喜欢出去吊丧，但世俗对这件事情却非常重视，我的这种行为已经被不肯谅解我的人所怨恨，甚至还有人想借此对我进行中伤；虽然我自己也警惕到这一点而责备自己，但是本性还是不能改变，也想抑制住自己的本性而随顺世俗，但违背本性又是我所不愿意的，而且最后也无法做到像现在这样的既不遭到罪责也得不到称赞，这是第五件我不能忍受的事情。我不喜欢俗人，但做官以后，就要跟他们在一起办事，或者宾客满坐，满耳嘈杂喧闹的声音，处在吵吵闹闹的污浊环境中，各种千奇百怪的花招伎俩，整天可以看到，这是第六件我不能忍受的事情。我生就不耐烦的性格，但做官以后，公事繁忙，政务整天萦绕在心上，世俗的交往也要花费很多精力，这是第七件我所不能忍受的事情。还有我常常要说一些非难成汤、周武王和轻视周公、孔子的话，如果做官以后不停止这种议论，这件事情总有一天会张扬出去，为众人所知，必为世俗礼教所不容，这是第一件无论如何不可以这样做的事情。我的性格倔强，憎恨坏人坏事，说话轻率放肆,直言不讳,碰到看不惯的事情脾气就要发作,这是第二件无论如何不可以这样做的事情。以我这种心胸狭隘的性格,再加上上面所说的九种毛病,即使没有外来的灾祸,自身也一定会产生病痛,哪里还能长久地活在人世间呢?又听道士说,服食术和黄精,可以使人长寿,心里非常相信;又喜欢游山玩水,观赏大自然的鱼鸟,对这种生活心里感到很高兴;一旦做官以后,就失去了这种生活乐趣,怎么能够丢掉自己乐意做的事情而去做那种自己害怕做的事情呢?

人与人之间相互成为好朋友,重要的是要了解彼此天生的本性,然后成全他。夏禹不强迫伯成子高出来做官,是为了成全他的节操;孔子不向子夏借伞,是为了掩饰子夏的缺点;近时诸葛亮不逼迫徐庶投奔蜀汉,华歆不硬要管宁接受卿相的位子,以上这些人才可以说始终如一,是真正相互了解的好朋友。您看直木不可以做车轮,曲木不能够当橡子,这是因为人们不想委屈它们原来的本性,而让它们各得其所。所以士、农、工、商都各有自己的专业,都能以达到自己的志向为快乐,这一点只有通达的人才能理解,它应该是在您意料之中的。不能够因为自己喜爱华丽的帽子,而勉强越地的人也要去戴它;自己嗜好腐烂发臭的食物,而把死了的老鼠来喂养鸳雏。我近来正在学习养生的方法,正疏远荣华,摒弃美味,心情安静恬淡,追求"无为"的最高境界。即使没有上面所说的"九患",我尚且不屑一顾您所爱好的那些东西。我有心闷的毛病,近来又加重了,自己设想,是不能忍受所不乐意的事的。我已经考虑明确,如果无路可走也就算了。您不要来委屈我,使我陷于走投无路的绝境。

我刚失去母亲和哥哥的欢爱,时常感到悲伤。女儿才十三岁,男孩才八岁,还没有成人,而且经常生病。想到这些就十分悲恨,真不知从何说起!我现在但愿能过平淡清贫的生活,教育好自己的孩子,随时与亲朋友好叙说离别之情,谈谈家常,喝一杯淡酒,弹一曲琴,这样我的愿望就已经满足了。倘使您纠缠住我不放,不过是想为朝廷物色人,使他为世所用罢了。您早知道我放任散漫,不通事理,我也以为自己各方面都不及如今在朝的贤能之士。如果以为世俗的人都喜欢荣华富贵,而唯独我能够离弃它,并以此感到高兴;这样讲最接近我的本性,可以这样说。假使是一个有高才大度,又无所不通的人,而又能不求仕进,那才是可贵的。像我这样经常生病,想远离世事以求保全自己余年的人,正好缺少上面所说的那种高尚品质,怎么能够看到宦官而称赞他是守贞节的人呢!倘使急于要我跟您一同去做官,想把我招去,经常在一起欢聚,一旦来逼迫我,我一定会发疯的。若不是有深仇大恨,我想是不会到此地步的。

山野里的人以太阳晒背为最愉快的事,以芹菜为最美的食物,因此想把它献给君主,虽然出于一片至诚,但却太不切合实际了。希望您不要像他们那样。我的意思就是上面所说的,写这封信既是为了向您把事情说清楚,并且也是向您告别。嵇康谨启。

陈情表

李 密

【原文】

臣密言：臣以险衅，夙遭闵凶，生孩六月，慈父见背。

行年四岁，舅夺母志。祖母刘愍臣孤弱，躬亲抚养。臣少多疾病，九岁不行零丁孤苦，至于成立。既无伯叔，终鲜兄弟。门衰祚薄，晚有儿息。外无期功强近之亲，内无应门五尺之僮。茕茕独立，形影相吊。而刘夙婴疾病，常在床蓐，臣侍汤药，未曾废离。逮奉圣朝，沐浴清化。

前太守臣逵，察臣孝廉，后刺史臣荣，举臣秀才。臣以供养无主，辞不赴命。诏书特下，拜臣郎中。寻蒙国恩，除工臣洗马。猥以微贱，当侍东宫，非臣陨首所能上报。臣具以表闻，辞不就职诏书切峻，责臣逋慢。郡县逼迫，催臣上道。州司临门，急于星火。臣欲奉诏奔驰，则刘病日笃；欲苟顺私情，则告诉不许。臣之进退，实为狼狈。

伏惟圣朝以孝治天下，凡在故老，犹蒙矜育；况臣孤苦，特为尤甚且臣少仕伪朝，历职郎署，本图宦达，不矜名节。今臣亡国贱俘，至微至陋，过蒙拔擢，宠命优渥，岂敢盘桓，有所希冀？但以刘日薄西山，气息奄奄，人命危浅，朝不虑夕。臣无祖母，无以至今日；祖母无臣，无以终余年。母孙二人，更相为命。是以区区，不能废远。臣密今年四十有四，祖母刘今年九十有六，是臣尽节于陛下之日长，报养刘之日短也。乌鸟私情，愿乞终养。

臣之辛苦，非独蜀之人士及二州牧伯所见明知，皇天后土，实所共鉴。愿陛下矜愍愚诚，听臣微志庶刘侥幸，保卒余年。臣生当陨首，死当结草。臣不胜犬马怖惧之情，谨拜表以闻。

【译文】

　　臣子李密陈言：臣子因命运不好，小时候就遭遇到了不幸，刚出生六个月，我慈爱的父亲就不幸去世了。经过了四年，舅舅又逼迫母亲改了嫁。我的奶奶刘氏，怜悯我从小丧父又多病消瘦，便亲自对我加以抚养。臣子小的时候经常有病，九岁时还不会走路。孤独无靠，一直到成家立业。既没有叔叔伯伯，也没有哥哥弟弟，门庭衰微福气少，直到很晚才有了儿子。在外面没有比较亲近的亲戚，在家里又没有照管门户的僮仆。孤孤单单地自己生活，每天只有自己的身体和影子相互安慰。而刘氏很早就疾病缠身，常年卧床不起，我侍奉她吃饭喝药，从来就没有离开过她。

　　到了晋朝建立，我蒙受着清明的政治教化。前些时候太守逵，推举臣下为孝廉，后来刺史荣又推举臣下为秀才。臣下因为没有人照顾我祖母，就都推辞掉了，没有遵命。朝廷又特地下了诏书，任命我为郎中，不久又蒙受国家恩命，任命我为洗马。像我这样出身微贱地位卑下的人，能够去服待太子，这实在不是我杀身捐躯所能报答朝廷的。我将以上苦衷上表报告，加以推辞不去就职。但是诏书急切严峻，责备我逃避命令，有意怠慢。郡县长官催促我立刻上路；州官登门督促，十万火急，刻不容缓。我很想遵从皇上的旨意立刻为国奔走效劳，但祖母刘氏的病却一天比一天重；想要姑且顺从自己的私情，但报告申诉又不见准许。我是进退维谷，处境十分狼狈。

　　我想圣朝是以孝道来治理天下的，凡是故旧老人，尚且还受到怜惜养育，何况我的孤苦程度更为严重呢？而且我年轻的时候曾经做过蜀汉的官，历任郎中和尚书郎，本来图的就是仕途通达，无意以名誉节操来炫耀。现在我是一个低贱的亡国俘虏，实在卑微到不值一提，承蒙得到提拔，而且恩命十分优厚，怎敢犹豫不决另有所图呢？但是只因为祖母刘氏已是西山落日的样子，气息微弱，生命垂危，朝不保夕。臣下我如果没有祖母，是活不到今天的，祖母如果没有我的照料，也无法度过她的余生。我们祖孙二人，互相依靠，相濡以沫，正是因为这些我的内心实在是不忍离开祖母而远行。臣下我今年四十四岁了,祖母今年九十六岁了,臣下我在陛下面前尽忠尽节的日子还长着呢,而在祖母刘氏面前尽孝尽心的日子已经不多了。我怀着乌鸦反哺的私情,企求能够准许我完成对祖母养老送终的心愿。

我的辛酸苦楚,并不仅仅是蜀地的百姓及益州、梁州的长官所亲眼目睹,内心明白,连天地神明也都看得清清楚楚。希望陛下能怜悯我愚昧至诚的心,满足臣下我一点小小的心愿,使祖母刘氏能够侥幸地保全她的余生。我活着当以牺牲生命,死了也要结草衔环来报答陛下的恩情。臣下我怀着牛马一样不胜恐惧的心情,恭敬地呈上此表以求闻达。

兰亭集序

王羲之

【原文】

永和九年,岁在癸丑,暮春之初,会于会稽山阴之兰亭修禊事也。群贤毕至,少长咸集。此地有崇山峻岭,茂林修竹,又有清流激湍,映带左右。引以为流觞曲水,列坐其次,虽无丝竹管弦之盛,一觞一咏,亦足以畅叙幽情。是日也,天朗气清,惠风和畅,仰观宇宙之大,俯察品类之盛,所以游目骋怀,足以极视听之娱,信可乐也。夫人之相与,俯仰一世,或取诸怀抱,晤言一室之内;或因寄所托放浪形骸之外。虽取舍万殊,静躁不同,当其欣于所遇,暂得于己,快然自足,曾不知老之将至。及其所之既倦,情随事迁,感慨系之矣。向之所欣,俯仰之间已为陈迹,犹不能不以之兴怀;况修短随化,终期于尽。古人云:“死生亦大矣。”岂不痛哉!每览昔人兴感之由,若合一契,未尝不临文嗟悼,不能喻之于怀。固知一死生为虚诞,齐彭殇为妄作。后之视今,亦犹今之视昔,悲夫!故列叙时人,录其所述。虽世殊事异,所以兴怀,其致一也。后之览者,亦将有感于斯文。

【译文】

永和九年,正值癸丑,暮春三月上旬的巳日,我们在会稽郡山阴县的兰亭集会,举行禊饮之事。此地德高望重者无不到会,老少济济一堂。兰亭这地方有崇山峻岭环抱,林木繁茂,竹篁幽密。又有清澈湍急的溪流,如同青罗带一般映衬在左右,引溪水为曲水流觞,列坐其侧,即使没有管弦合奏的盛况,只是饮酒赋诗,也足以令人畅叙胸怀。这一天,晴明爽朗,和风习习,仰首可以观览浩大的宇宙,俯身可以考察众多的物类,纵目游赏,胸襟大开,极尽耳目视听的欢娱,真可以说是人生的一大乐事。

人们彼此亲近交往,俯仰之间便度过了一生。有的人喜欢反躬内省,满足于一室之内的晤谈;有的人则寄托于外物,生活狂放不羁。虽然他们或内或外的取舍千差万别,好静好动的性格各不相同,但当他们遇到可喜的事情,得意于一时,感到欣然自足时,竟然都会忘记衰老即将要到来之事。等到对已获取的东西发生厌倦,情事变迁,又不免会引发无限的感慨。以往所得到的欢欣,很快就成为历史的陈迹,人们对此尚且不能不为之感念伤怀,更何况人的一生长短取决于造化,而终究要归结于穷尽呢!古人说:"死生是件大事。"这怎么能不让人痛心啊!

每当看到前人所发的感慨,其缘由竟像一张符契那样一致,总难免要在前人的文章面前嗟叹一番,不过心里却弄不明白这是怎么回事。我当然知道把死和生混为一谈是虚诞的,把长寿与夭亡等量齐观是荒谬的。后人看待今人,也就像今人看待前人,这正是事情的可悲之处。所以我要列出到会者的姓名,录下他们所作的诗篇。尽管时代有别,行事各异,但触发人们情怀的动因,无疑会是相通的。后人阅读这些诗篇,恐怕也会由此引发同样的感慨吧。

中国古典名著精华

五柳先生传

陶渊明

【原文】

先生不知何许人也,亦不详其姓字。宅边有五柳树因以为号焉。闲静少言,不慕荣利。好读书,不求甚解,每有会意,便欣然忘食。性嗜酒,家贫不能常得。亲旧知其如此,或置酒而招之。造饮辄尽期在必醉。既醉而退,曾不吝情去留。环堵萧然,不蔽风日。短褐穿结,箪瓢屡空,晏如也。常著文章自娱颇示己志。忘怀得失,以此自终。赞曰:黔娄之妻有言:"不戚戚于贫贱,不汲汲于富贵。"其言兹若人之俦乎?衔觞赋诗,以乐其志。无怀氏之民欤?葛天氏之民欤?

【译文】

先生不知是什么地方的人,也不清楚他的姓名表字。他的住宅边有五棵柳树,因而就用"五柳"当作自己的别号。悠闲恬静,少言寡语,不羡慕荣华利禄。喜欢读书,只领会要旨,不过于在字句上花工夫。于其意每当有所领悟,便高兴得忘记吃饭。生性喜好饮酒,家中贫困不能经常得到。亲戚老友知道他这样,有时就备好酒请他去。去喝酒就总是要喝尽兴,希一醉方休。

喝醉之后就退席,去留任情,毫不在意。家徒四壁,空空荡荡,又不能挡风遮日。粗布短衣破了就打补丁,常常揭不开锅,即便如此他还是一副平静安逸的模样。常写文章以自寻乐趣,也很能表达自己的心志。得与失皆置之度外,就这样了此一生。

赞语是:黔娄的妻子说过:"不为贫贱忧虑烦恼,不为富贵钻营奔忙。"她所说的那人(黔娄)与五柳先生大概是一类人吧?畅快地饮酒作诗,愉悦自己的心志。他是上古无怀氏时代的人呢?还是葛天氏时代的人呢?

归去来辞并序

陶渊明

【原文】

余家贫，耕植不足以自给。幼稚盈室，缾无储粟，生生所资，未见其术。亲故多劝余为长吏，脱然有怀，求之靡途。会有四方之事，诸侯以惠爱为德，家叔以余贫苦，遂见用于小邑，于时风波未静，心惮远役，彭泽去家百里，公田之利，足以为酒，故便求之。及少日，眷然有归欤之情。何则？质性自然，非矫厉所得。饥冻虽切，违己交病。尝从人事，皆口腹自役。于是怅然慷慨，深愧平生之志。犹望一稔，当敛裳宵逝。寻程氏妹丧于武昌，情在骏奔，自免去职。仲秋至冬，在官八十余日。因事顺心，命篇曰《归去来兮》。乙巳岁十一月也。

归去来兮，田园将芜胡不归？既自以心为形役，奚惆怅而独悲！悟已往之不谏，知来者之可追；实迷途其未远，觉今是而昨非舟摇摇以轻扬，风飘飘而吹衣。问征夫以前路，恨晨光之熹微。乃瞻衡宇，载欣载奔。僮仆欢迎，稚子候门。三径就荒，松菊犹存。携幼入室，有酒盈樽。引壶觞以自酌，眄庭柯以怡颜。倚南窗以寄傲，审容膝之易安园日涉以成趣，门虽设而常关。策扶老以流憩，时矫首而遐观。云无心以出岫，鸟倦飞而知还。景翳翳以将入，抚孤松而盘桓。归去来兮，请息交以绝游。世与我而相遗，复驾言兮焉求？悦亲戚之情话，乐琴书以消忧。农人告余以春及，将有事于西畴。或命巾车，或棹孤舟。既窈窕以寻壑，亦崎岖而经丘。木欣欣以向荣，泉涓涓而始流。善万物之得时，感吾生之行休。已矣乎！寓形宇内复几时，曷不委心任去留？胡为遑遑欲何之？富贵非吾愿，帝乡不可期。怀良辰以孤往，或植杖而耘耔。登东皋以舒啸临清流而赋诗。聊乘化以归尽，乐夫天命复奚疑！

【译文】

我家贫穷，靠种地不够养家糊口，幼子又多，米缸里没有余粮，如何才能得到生活所需，我实在没有办法。亲戚朋友多劝我去谋个官职，我内心豁然有所动念，只是一时没有门路求得。适逢多事之秋，诸侯以施爱于人为美德，叔父因我贫苦而举荐我，于是我被任命在彭泽这个小县做县令。当时时局不定，心里害怕到远处做官，彭泽县离我家仅有一百里地，作为俸禄的官地中的收获，足够用来酿酒，所以我才请求做彭泽县令。到任后不久，因思念家乡便产生了回家的念头。为什么呢？我生性率真自然，不是勉强自己做得来的。挨饿受冻虽然痛苦，但违背本心却更加痛苦。以前也曾出仕为官，都是为了养家糊口、填饱肚皮而自我驱使。于是惆怅感慨，内心激动不平，为有负于平生之志而深感惭愧。本指望干满一年之后，便应该收拾行装乘夜悄然离去。不久，我那位嫁给程氏的妹妹在武昌去世，按情理应当疾速奔赴那里，所以我也就自己免官离职。从仲秋到入冬，在任八十多天。因辞官归隐这件事顺遂了我的心意，所以写此文章题为《归去来兮》。时乙巳年十一月。

归去吧，田园将要荒芜，为何不归？违心步入仕途，既是自己所为，何必惆怅独自悲！深知往事不可挽救，来日尚可努力追回；确实迷路好在不远，感到今是昨日为非。归舟漂荡轻快飞扬，寒风飘飘吹拂我衣。问行人前程有多少，恨天未亮晨光暗昧。

一眼望见我家陋宅，心中欢快向前飞奔。年轻童仆上前欢迎，幼子盼望等在家门。家园萧条近于荒废，青松秋菊尚喜犹存。领着幼儿进入室内，已备有酒满满一樽。取来酒壶举杯自饮，闲观庭树欣喜开颜。靠在南窗寄托做世之情，深知居室狭小易得安闲。每天漫步家园有趣味，院中虽有柴门常闲关。拄着拐杖漫步休息，时尔抬头远眺闲观。闲云悠悠飘出山间，鸟儿疲倦也知飞还。夕阳渐暗日将落山,抚摸孤松流连忘返。归去吧,让我与世断绝不再交游。世俗与我互不相容,还驾车出游何所求?欣喜亲戚知心话语,爱好琴书可消我忧。农民们告诉我春天来到,我将从事春耕西边田头。有时驾着带帷马车,有时划起一叶小舟;山沟深远寻幽探胜,道路不平经历山丘。草木茂盛欣欣向荣,涓涓泉源细水慢流。羡慕万物皆得其时,感慨自身生命将休。

算了吧,人生在世能有几时!何不随心听任去留?干吗心神不安要到哪里?荣华富贵非我所愿,神仙世界不可希冀。盼望佳日独自出游,或者躬耕整理田地。登上东面高岗纵情长啸,面对清澈溪流吟诵新诗。姑且顺应自然变化了此生,乐天安命还有什么可怀疑!

与子俨等疏

陶渊明

【原文】

告俨、俟、份、佚、佟：天地赋命，生必有死，自圣贤，谁能独免？子夏有言："死生有命，富贵在天。"四友之人，亲受音旨，发斯谈者，将非穷达不可妄求，寿夭永无外请故耶？吾年过五十，少而穷苦，每以家弊，东西游走。性刚才拙，与物多忤，自量为已，必贻俗患。僶辞世，使汝等幼而饥寒。余尝感孺仲贤妻之言，败絮自拥，何惭儿子？此既一事矣。但恨邻靡二仲，室无莱妇，抱兹苦心，良独内愧。少学琴书，偶爱闲静，开卷有得，便欣然忘食。见树木交荫，时鸟变声，亦复欢然有喜。常言五六月中，北窗下卧，遇凉风暂至，自谓是羲皇上人。意浅识罕，谓斯言可保。日月遂往，机巧好疏，缅求在昔，眇然如何！疾患以来，渐就衰损。亲旧不遗，每以药石见救，自恐大分将有限也。汝辈稚小家贫，每役柴水之劳，何时可免，念之在心，若何可言。然汝等虽不同生，当思四海皆兄弟之义。鲍叔、管仲，分财无猜；归生、伍举班荆道旧；遂能以败为成，因丧立功。他人尚尔，况同父之人哉！颍川韩元长，汉末名士，身处卿佐，八十而终，兄弟同居，至于没齿。济北汜稚春，晋时操行人也，七世同财，家人无怨色。《诗》曰："高山仰止，景行行止。"虽不能尔，至心尚之。汝其慎哉！吾复何言。

【译文】

告诉俨、俟、份、佚、佟诸子：

天地赋予人类以生命，有生必定有死。自古至今，即便是圣贤之人，谁又能逃脱死亡呢？子夏曾经说过："死生之数自有命定，富贵与否在于天意。"孔子四友之辈的学生，亲身受到孔子的教诲。子夏之所以讲这样的话，岂不是因为人的穷困和显达不可非分地追求，长寿与短命永远不可能在命定之外求得的缘故吗？

我已经年过五十，年少时即受穷苦，家中常常贫乏，不得不在外四处奔波。我性格刚直，无逢迎取巧之能，与社会人事多不相合。自己为自己考虑，那样下去必然会留下祸患。于是我努力使自己辞去官场世俗事务，因而也使你们从小就过着贫穷饥寒的生活。我曾被王贤妻的话所感动，自己穿着破棉袄，又何必为儿子不如别人而惭愧呢？这个道理是一样的。我只遗憾没有求仲、羊仲那样的邻居，家中没有像老莱子妻那样的夫人，怀抱着这样的苦心，内心很是惭愧。

我少年时曾学习弹琴、读书，间或喜欢悠闲清静，打开书卷，心有所得，便高兴得连饭也忘记吃了。看到树木枝叶交错成荫，听见候鸟不同的鸣声，我也十分高兴。我常常说，五六月里，在北窗下面躺着，遇到凉风一阵阵吹过，便自认为是伏羲氏以前的古人了。我的思想单纯，见识稀少，认为这样的生活可以保持下去。时光逐渐逝去，逢迎取巧那一套我仍十分生疏。要想恢复过去的那种生活，希望又是多么渺茫！

自从患病以来，身体逐渐衰老，亲戚朋友们不嫌弃我，常常拿来药物给我医治，我担心自己的寿命将不会很长了。你们年纪幼小，家中贫穷，常常担负打柴挑水的劳作，什么时候才能免掉呢？这些事情总是牵挂着我的心，可是又有什么可说的呢！你们兄弟几人虽然不是一母所生，但应当理解普天下的人都是兄弟的道理。鲍叔和管仲分钱财时，互不猜忌；归生和伍举久别重逢，便在路边铺上荆条坐下畅叙旧情；于是才使得管仲在失败之中转向成功，伍举在逃亡之后回国立下功劳。他们并非亲兄弟尚且能够这样，何况你们是同一父亲的儿子呢！颖川的韩元长，是汉末的一位名士，身居卿佐的官职，享年八十岁，兄弟在一起生活，直到去世。济北的汜稚春，是晋代一位品行高尚的人,他们家七代没有分家,共同拥有财产,但全家人没有不满意的。《诗经》上说:"对古人崇高的道德则敬仰若高山,对古人的高尚行为则效法和遵行。"虽然我们达不到那样高的境界,但应当以至诚之心崇尚他们的美德。

你们要谨慎做人啊,我还有什么话好说呢!

自祭文

陶渊明

【原文】

岁惟丁卯,律中无射。天寒夜长,风气萧索,鸿雁于征,草木黄落。陶子将辞逆旅之馆,永归于本宅。故人凄其相悲,同祖行于今夕。羞以嘉蔬,荐以清酌,候颜已冥,聆音愈漠。呜呼哀哉! 茫茫大块,悠悠高旻,是生万物,余得为人。自余为人,逢运之贫,箪瓢屡罄,絺绤冬陈,含欢谷汲,行歌负薪,翳翳柴门,事我宵晨。春秋代谢,有务中园,载耘载籽,乃育乃繁。欣以素牍,和以七弦。冬曝其日,夏濯其泉。勤靡馀劳,心有常闲,乐天委分,以至百年。惟此百年,夫人爱之,惧彼无成,愒日惜时。存为世珍,没亦见思。嗟我独迈,曾是异兹。宠非已荣,涅岂吾缁,兀穷庐,酣饮赋诗。识运知命,畴能罔眷,余今斯化,可以无恨。寿涉百龄,身慕肥遁,从老得终,奚所复恋。寒暑逾迈,亡既异存,外姻晨来,良友宵奔,葬之中野,以安其魂,窅窅我行,萧萧墓门,奢耻宋臣,俭笑王孙。廓兮已灭,慨焉已遐,不封不树,日月遂过。匪贵前誉,孰重后歌。人生实难,死如之何? 呜呼哀哉!

【译文】

现在是丁卯年九月,天气寒冷,秋夜漫长,景象萧条冷落,大雁南飞,草木枯黄凋零。陶子将要辞别这暂时寄居的人世,永远回到自己本来的住处。亲友们怀着凄伤悲哀的心情,今晚一道来祭奠我的亡灵,为我送行。他们为我供上了新鲜的果蔬,斟上了清酒。看看我的容颜,已是模糊不清;听听我的声音,更是寂静无声。悲痛啊,悲痛!

茫茫大地,悠悠高天,你们生育了万物,我也得以降生人间。自从我成为一个人,就遭遇到家境贫困的命运,饭筐水瓢里常常是空无一物,冬天里还穿着夏季的葛布衣服。可我仍怀着欢快的心情去山谷中取水,背着柴火时还边走边唱,在昏暗简陋的茅舍中,一天到晚我忙碌不停。从春到秋。田园中总是有活可干,又是除草又是培土,作物不断滋生繁衍。捧起书籍,心中欣欢;弹起琴弦,一片和谐。冬天晒晒太阳,夏天沐浴于清泉。辛勤耕作,不遗余力,心中总是悠闲自在。乐从天道的安排,听任命运的支配,就这样度过一生。

这人生一世,人人爱惜它,唯恐一生不能有所成就,格外珍惜时光。生前为世人所尊重,死后被世人所思念。可叹我自己独行其是,竟是与众不同。我不以受到宠爱为荣耀,污浊的社会岂能把我染黑?身居陋室,意气傲然,饮酒赋诗。我识运知命,所以能无所顾念。今日我这样死去,可说是没有遗恨了。我已至老年,仍依恋着退隐的生活,既以年老而得善终,还又有什么值得留恋!

岁月流逝,死既不同于生,亲戚们清晨便来吊唁,好友们连夜前来奔丧,将我葬在荒野之中,让我的灵魂得以安宁。我走向幽冥,萧萧的风声吹拂着墓门,我以宋国桓魋那样奢侈的墓葬而感到羞耻,以汉代杨王孙那过于简陋的墓葬而感到可笑。墓地空阔,万事已灭,可叹我已远逝,既不垒高坟,也不在墓边植树,时光自会流逝。既不以生前的美誉为贵,谁还会看重那死后的歌颂呢?人生道路实在艰难,可人死之后又能怎样呢?悲痛啊,悲痛!

桃花源记

陶渊明

【原文】

晋太元中,武陵人捕鱼为业;缘溪行,忘路之远近。忽逢桃花林。夹岸数百步,中无杂树,芳草鲜美,落英缤纷。渔人甚异之,复前行,欲穷其林。林尽水源,便得一山。山有小口,仿佛若有光。便舍船从口入。初极狭,才通人。复行数十步,豁然开朗。土地平旷,屋舍俨然,有良田、美池桑竹之属,阡陌交通,鸡犬相闻。其中往来种作,男女衣著,悉如外人。黄发垂髫,并怡然自乐。见渔人,乃大惊,问所从来,具答之。便要还家,设酒杀鸡作食。村中闻有此人,咸来问讯。自云先世避秦时乱,率妻子邑人,来此绝境,不复出焉,遂与外人间隔。问今是何世,乃不知有汉,无论魏、晋。此人一一为具言所闻,皆叹惋。余人各复延至其家,皆出酒食。停数日,辞去。此中人语云:"不足为外人道也。"既出,得其船,便扶向路,处处志之。及郡下,诣太守说如此。太守即遣人随其往,寻向所志,遂迷不复得路。南阳刘子骥,高尚士也。闻之,欣然规往,未果,寻病终。后遂无问津者。

【译文】

晋朝太元年间,武陵郡有一位以捕鱼为生的人。一天他划着小船沿溪前行,忘记走了多远。忽然遇见一片桃花林,溪水两岸百步之内,除桃树外没有其他杂树。芳草鲜艳美好,落下的桃花瓣飘飘洒洒。渔人十分惊异眼前的景色。他继续往前划行,想走到桃花林的尽头。桃花林的尽头也正是这条溪水发源的地方,这里有一座山。山间有个小洞口,隐隐约约透出一点光亮。

渔人离船上岸,进入山洞。山洞起初很狭窄,仅容一个人通过;再往前走几十步。便一下于开阔明亮起来。只见土地平坦广阔,房屋排列整齐,这里有肥沃的田地,清澈美丽的池塘,还有桑树、竹子之类;田间小路交错相通,还能听到村落间鸡鸣狗叫的声音。那里来来往往耕种田地的人们,不论男女,衣着打扮同山外的人没有什么区别;不论是老人还是儿童,都显得那么愉快而自得自乐。他们看到渔人,十分惊讶。问他从何处来,渔人都作了回答。

山里人邀请渔人到家里,为他摆酒、杀鸡、做饭款待他。村里听说来了这样一位客人,都跑来打听外界的消息。据山里人自己讲,他们的祖先为了躲避秦朝的暴政,带领妻儿、乡亲来到这与外界隔绝的地方,从那以后就再也没有出去过,于是同外面的人断绝了来往。问如今外界是何朝何代,他们竟不知有过汉朝,就更不用说魏朝和晋朝了。渔人把自己所知道的外界之事一一地讲给他们听,大家听后都感慨叹惜。其他人也分别把他邀至家中,都拿出酒食款待他。住了几天,渔人向大家告辞。山里人嘱告渔人说:"这里的情况可没有必要对外面的人讲啊。"渔人从山洞出来,找到自己的船,便沿着原路往回行,一路上处处做了标记。来到武陵郡城下,前去拜见太守,述说自己此行的所见所闻。太守马上派人随渔人到桃花源去,寻找先前所做的标记,结果迷失方向,再也找不到原路。南阳有位刘子骥,是个高雅之人,听说此事后,高兴地要计划前往寻找桃花源。尚未成行,不久因病去世。以后就再也没有人去寻找桃花源了。

《苏武传》节选

班 固

【原文】

武字子卿,少以父任,兄弟并为郎,稍迁至栘中厩监。时汉连伐胡,数通使相窥观。匈奴留汉使郭吉、路充国等前后十余辈,匈奴使来,汉亦留之以相当。

天汉元年,且鞮侯单于初立,恐汉袭之,乃曰:"汉天子我丈人行也。"尽归汉使路充国等。武帝嘉其义,乃遣武以中郎将使持节送匈奴使留在汉者,因厚赂单于,答其善意。

武与副中郎将张胜及假吏常惠等募士斥候百余人俱。既至匈奴,置币遗单于;单于益骄,非汉所望也。

【译文】

苏武字子卿,年轻时凭着父亲的职位,兄弟三人都做了皇帝的侍从,并逐渐被提升为掌管皇帝鞍马鹰犬射猎工具的官。当时汉朝廷不断讨伐匈奴,多次互派使节彼此暗中侦察。匈奴扣留了汉使节郭吉、路充国等前后十余批人。匈奴使节前来,汉朝庭也扣留他们以相抵。

公元前一百年,且鞮刚刚立为单于,唯恐受到汉的袭击,于是说:"汉皇帝,是我的长辈。"全部送还了汉廷使节路充国等人。汉武帝赞许他这种通晓情理的做法,于是派遣苏武以中郎将的身份出使,持旄节护送扣留在汉的匈奴使者回国,顺便送给单于很丰厚的礼物,以答谢他的好意。

　　苏武同副中郎将张胜以及临时委派的使臣属官常惠等,加上招募来的士卒、侦察人员百多人一同前往。到了匈奴那里,摆列财物赠给单于。单于越发傲慢,不是汉所期望的那样。

卷二　泛读篇目

上书谏猎

司马相如

相如从上至长杨猎。是时天子方好自击熊豕，驰逐土兽。

相如因上疏谏曰："臣闻物有同类而殊能者，故力称乌获，捷言庆忌，勇期贲、育。臣之愚，窃以为人诚有之，兽亦宜然。今陛下好陵阻险，射猛兽，卒然遇逸材之兽，骇不存之地，犯属车之清尘，舆不及还辕，人不暇施巧，虽有乌获逢蒙之技不得用，枯木朽株尽为难矣。是胡、越起于毂下，而羌、夷接轸也，岂不殆哉！虽万全而无患，然本非天子之所宜近也。"且夫清道而后行，中路而驰，犹时有衔橛之变。况乎涉丰草，骋邱墟，前有利兽之乐，而内无存变之意，其为害也不亦难矣！夫轻万乘之重不以为安，乐出万有一危之涂以为娱，臣窃为陛下不取。盖明者远见于未萌，而知者避危于无形，祸固多藏于隐微而发于人之所忽者也。故鄙谚曰：'家累千金，坐不垂堂。'此言虽小，可以喻大。臣愿陛下留意幸察。"

尚德缓刑书

路温舒

　　昭帝崩,昌邑王贺废,宣帝初即位,路温舒上书,言宜尚德缓刑。

　　其辞曰:臣闻齐有无知之祸,而桓公以兴;晋有骊姬之难,而文公用伯。近世赵王不终,诸吕作乱,而孝文为太宗。由是观之,祸乱之作,将以开圣人也。故桓、文扶微兴坏,尊文、武之业,泽加百姓,功润诸侯,虽不及三王,天下归仁焉。文帝永思至德,以承天心,崇仁义,省刑罚,通关梁,一远近,敬贤如大宾,爱民如赤子,内恕情之所安,而施之于海内,是以囹圄空虚,天下太平。夫继变化之后,必有异旧之恩,此贤圣所以昭天命也。往者,昭帝即世而无嗣,大臣忧戚,焦心合谋,皆以昌邑尊亲,援而立之。然天不授命,淫乱其心,遂以自亡。深察祸变之故,乃皇天之所以开至圣也。故大将军受命武帝,股肱汉国,披肝胆,决大计,黜亡义,立有德,辅天而行,然后宗庙以安,天下咸宁。臣闻《春秋》正即位,大一统而慎始也。陛下初登至尊,与天合符宜改前世之失,正始受命之统,涤烦文,除民疾,存亡继绝,以应天意。臣闻秦有十失,其一尚存,治狱之吏是也。秦之时,羞文学,好武勇,贱仁义之士,贵治狱之吏,正言者谓之诽谤,遏过者谓之妖言,故盛服先生不用于世,忠良切言皆郁于胸,誉谀之声日满于耳,虚美熏心,实祸蔽塞。此乃秦之所以亡天下也。方今天下赖陛下恩厚,亡金革之危、饥寒之患,父子夫妻戮力安家,然太平未洽者,狱乱之也。夫狱者,天下之大命也,死者不可复生,绝者不可复属。《书》曰:"与其杀不辜,宁失不经。"今治狱吏则不然,上下相驱,以刻为明,深者获公名,平者多后患故治狱之吏皆欲人死,非憎人也,自安之道在人之死。是以死人之血流离于市,被刑之徒比肩而立,大辟之计岁以万数,此仁圣之所以伤也。太平之未洽,凡以此也。夫人情安则乐生,痛则思死。棰楚之下，何求而不得？故囚人不胜痛，则饰辞以视之；吏治者利其然，则指道以明之；上奏畏却，则锻练而周内之。盖奏当之成，虽咎繇听之，犹以为死有余辜。何则？成练者众，文致之罪明也。是以狱吏专为深刻，残贼而亡极，为一切，不顾国患，此世之大贼也。故俗语曰："画地为狱，议不入；刻木为吏期不对。"此皆疾吏之风，悲痛之辞也。故天下之患，莫深于狱；败法乱正，离亲塞道，莫甚乎治狱之吏。此所谓一尚存者也。臣闻乌鸢之卵不毁，而后凤皇集；诽谤之罪不诛，而后良言进。故古人有言："山薮藏疾，川泽纳污，瑾瑜匿恶，国君含诟。"唯陛下除诽谤以招切言，开天下之口，广箴谏之路，扫亡秦之失，尊文、武之德，省法制，宽刑罚，以废治狱，则太平之风可兴于世，永履和乐，与天亡极。天下幸甚！

上善其言。

光武帝临淄劳耿

马　援

车驾至临淄,自劳军,群臣大会。帝谓曰"昔韩信破历下以开基,今将军攻祝阿以发迹,此皆齐之西界,功足相方。而韩信袭击已降,将军独拔敌,其功乃难于信也。又田横烹郦生及田横降,高帝诏卫尉不听为仇。张步前亦杀伏隆,若步来归命,吾当诏大司徒释其怨,又事尤相类也。将军前在南阳建此大策,常以为落落难合,有志者事竟成也!"

诫兄子严敦书

马 援

援兄子严、敦并喜讥议,而通轻侠客。

援前在交趾还书诫之曰:"吾欲汝曹闻人过失,如闻父母之名,耳可得闻,口不可得言也。好议论人长短,妄是非正法,此吾所大恶也,宁死不愿闻子孙有此行也。汝曹知吾恶之甚矣,所以复言者,施衿结缡,申父母之戒,欲使汝曹不忘之耳。龙伯高敦厚周慎,口无择言,谦约节俭,廉公有威,吾爱之重之,愿汝曹效之。杜季良豪侠好义,忧人之忧,乐人之乐,清浊无所失,父丧致客,数郡毕至。吾爱之重之,不愿汝曹效也。效伯高不得,犹为谨敕之士所谓刻鹄不成尚类鹜者也。效季良不得,陷为天下轻薄子,所谓画虎不成反类狗者也。讫今季良尚未可知,郡将下车辄切齿,州郡以为言,吾常为寒心,是以不愿子孙效也。"

上书谏吴王

枚 乘

臣闻"得全者昌，失全者亡"。

舜无立锥之地，以有天下；禹无十户之聚，以王诸侯；汤武之土不过百里。上不绝三光之明，下不伤百姓之心者，有王术也。故父子之道，天性也。忠臣不避重诛以直谏，则事无遗策，功流万世。臣乘愿披腹心而效愚忠，惟大王少加意念恻怛之心于臣乘言。夫以一缕之任，系千钧之重，上悬之无极之高，下垂之不测之渊，虽甚愚之人，犹如哀其将绝也。马方骇，鼓而惊之；系方绝，又重镇之。系绝于天，不可复结，坠入深渊，难以复出。其出不出，间不容发。能听忠臣之言，百举必脱。必若所欲为，危于累卵，难于上天。变所欲为，易于反掌安于泰山。今欲极天命之上寿，弊无穷之极乐，究万乘之势，不出反掌之易，居泰山之安，而欲乘累卵之危，走上天之难，此愚臣之所大惑也。人性有畏其景而恶其迹者，却背而走，迹逾多，景逾疾。不如就阴而止，影灭迹绝。欲人勿闻，莫若勿言，欲人勿知，莫若勿为。欲汤之，一人炊之，百人扬之，无益也，不如绝薪止火而已。不绝之于彼，而救之于此，譬由抱薪而救火也。养由基，楚之善射者也。去杨叶百步，百发百中杨叶之大，加百中焉，可谓善射矣。然其所止，百步之内耳，比于臣乘，未知操弓持矢也。福生有基，祸生有胎，纳其基，绝其胎，祸何自来？泰山之穿石，单极之绠断干。水非石之钻，索非木之锯，渐靡使之然也。夫铢铢而称之，至石必差；寸寸而度之，至丈必过；石称丈量，径而寡失。夫十围之木，始生如蘖，足可搔而绝，手可擢而拔，据其未生，先其未形也。

磨砻底厉，不见其损，有时而尽；种树畜养，不见其益，有时而大；积德累行，不知其善，有时而用；弃义背理，不知其恶，有时而亡。臣愿大王熟计而身行之，此百世不易之道也。

狱中上梁王书

邹 阳

臣闻"忠无不报,信不见疑",臣常以为然;徒虚语耳。

昔荆轲慕燕丹之义,白虹贯日,太子畏之;卫先生为秦画长平之事太白食昴,昭王疑之。夫精诚变天地,而信不谕两主,岂不哀哉!今臣尽忠竭诚,毕议愿知,左右不明,卒从吏讯,为世所疑。是使荆轲卫先生复起,而燕秦不寤也。愿大王孰察之。昔玉人献宝,楚王诛之;李斯竭忠,胡亥极刑。是以箕子阳狂,接舆避世,恐遭此患也。愿大王察玉人李斯之意,而后楚王胡亥之听,毋使臣为箕子接舆所笑。臣闻比干剖心,子胥鸱夷,臣始不信,乃今知之。愿大王孰察,少加怜焉。

语曰:"有白头如新,倾盖如故。"何则? 知与不知也。故樊於期逃秦之燕,藉荆轲首以奉丹事;王奢去齐之魏,临城自刭,以却齐而存魏。夫王奢樊於期非新于齐秦而故于燕魏也,所以去二国、死两君者,行合于志,慕义无穷也。是以苏秦不信于天下,为燕尾生;白圭战亡六城,为魏取中山。何则? 诚有以相知也。苏秦相燕,人恶之于燕王,燕王按剑而怒食以马央马是,白圭显于中山,人恶之于魏文侯,文侯赐以夜光之璧,何则两主二臣,剖心析肝相信,岂移于浮辞哉? 故女无美恶,入宫见妒;士无贤不肖,入朝见嫉。昔司马喜膑脚于宋,卒相中山;范雎拉胁折齿于魏卒为应侯。此二人者,皆信必然之画,捐朋党之私,挟孤独之交,故不能自免于嫉妒之人也。是以申徒狄蹈雍之河,徐衍负石入海。不容于世,义不苟取比周于朝,以移主上之心。故百里奚乞食于道路,缪公委之以政宁戚饭牛车下,而桓公任之以国,此二人岂素宦于朝,借誉于左右,然后二主用之哉? 感于心,合于行,坚如胶漆,昆弟不能离,岂惑于众口哉? 故偏听生奸,独任成乱。昔鲁听季孙之说逐孔子,宋信子冉之计囚墨翟。夫以孔墨之辩,不能自免于谗谀,而二国以危。何则? 众口铄金,积毁销骨也。是以秦用戎人由余,而霸中国;齐用越人子臧,而强威宣。此二国岂拘于俗,牵于世,系奇偏之浮辞哉?公听并观,垂明当世。故意合则吴越为昆弟,由余子臧是矣;不合则骨肉为仇敌,朱象管蔡是矣。今人主诚能用齐秦之明,后宋鲁之听,则五伯不足侔,三王易为比也。是以圣王觉寤,捐子之之心,而不说田常之贤,封比干之后,修孕妇之墓,故功业复于天下。何则?欲善无厌也。夫晋文公亲其仇而强霸诸侯;齐桓公用其仇而一匡天下。何则?慈仁殷勤,诚加于心,不可以虚辞借也。至夫秦用商鞅之法,东弱韩魏,立强天下,而卒车裂之;越用大夫种之谋,禽劲吴而霸中国,遂诛其身。是以孙叔敖三去相而不悔,于陵子仲辞三公,为人灌园。今人主诚能去骄傲之心,怀可报之意,披心腹,见情素,堕肝胆,施德厚,终与之穷达,无爱于士,则桀之犬可使吠尧,跖之客可使刺由。何况因万乘之权,假圣王之资乎?然则荆轲湛七族,要离燔妻子,岂足为大王道哉?臣闻明月之珠,夜光之璧,以暗投人于道,众莫不按剑相眄者。何则?无因而至前也。蟠木根柢,轮囷离奇,而为万乘器者,何则?以左右先为之容也。故无因而至前,虽出随侯之珠,夜光之璧,禾氏足结怨而不见德。故有人先游,则枯木朽株,树功而不忘。今天下布衣穷居之士,身在贫羸,虽蒙尧舜之术,挟伊管之辩,怀龙逢比干之意,而素无根柢之容虽竭精神,欲开忠于当世之君,则人主必袭按剑相眄之迹矣。是使布衣之士,不得为枯木朽株之资也。是以圣王制世御俗,独化于陶钧之上,而不牵乎卑辞之语,不夺乎众多之口。故秦皇帝任中庶子蒙嘉之言,以信荆轲,而匕首窃发,周文王猎泾渭,载吕尚而归,以王天下。秦信左右而亡,周用乌集而王。何则?以其能越挛拘之语,驰域外之议,独观于昭旷之道也。今人主沈于谄谀之辞,牵于帷墙之制,使不羁之士与牛骥同卑,此鲍焦所以愤于世也。

臣闻盛饰入朝者,不以私义;砥厉名号者,不以利伤行。故里名胜母,曾子不入,邑号朝歌,墨子回车。今欲使天下寥廓之人,笼于威重之权,胁于位势之贵,回面行以事谄谀之人,而求亲近于左右,则士有伏死窟穴岩薮之中耳,安有尽忠主而趋阙下者哉?

荐祢衡疏

孔　融

臣闻洪水横流，帝思俾，旁求四方，以招贤俊。

昔孝武继统，将弘祖业，畴咨熙载，群士响臻。陛下睿圣，纂承基绪，遭遇厄运劳谦日昃。惟岳降神，异人并出。

窃见处士平原祢衡，年二十四，字正平淑质贞亮，英才卓跞。初涉艺文，升堂睹奥，目所一见，辄诵于口，耳所暂闻，不忘于心，性与道合，思若有神。弘羊潜计，安世默识，以衡准之，诚不足怪。忠果正直，志怀霜雪，见善若惊，疾恶如仇。任座抗行，史鱼厉节，殆无以过也。鸷鸟累百，不如一鹗。使衡立朝，必有可观。飞辩骋辞溢气坌涌，解疑释结，临敌有余。昔贾谊求试属国，诡系单于；终军欲以长缨，牵致劲越。弱冠慷慨，前世美之。近日路粹、严象，亦用异才擢拜台郎，衡宜与为比。如得龙跃天衢，振翼云汉，扬声紫微，垂光虹霓，足以昭近署之多士，增四门之穆穆。钧天广乐，必有奇丽之观；帝室皇居，必蓄非常之宝。若衡等辈，不可多得。《激楚》《扬阿》，至妙之容，掌技者之所贪；飞兔、腰，绝足奔放，良、乐之所急。臣等区区，敢不以闻。陛下笃慎取士，必须效试，乞令衡以褐衣召见。

无可观采，臣等受面欺之罪。

与曹公书论盛孝章书

孔 融

　　岁月不居,时节如流。五十之年,忽焉已至。公为始满,融又过二。

　　海内知识,零落殆尽,惟会稽盛孝章尚存。其人困于孙氏,妻孥淹没,单子独立,孤危愁苦。若使忧能伤人,此子不得复永年矣。《春秋传》曰:"诸侯有相灭亡者,桓公不能救,则桓公耻之。"今孝章实丈夫之雄也。天下谈士,依以扬声;而身不免于幽执,命不期于旦夕是吾祖不当复论损益之友,而朱穆所以绝交也。公诚能驰一介之使,加咫尺之书,则孝章可致,友道可弘也。今之少年,喜谤前辈,或能讥平孝章;孝章要为天下大名,九牧之民,所共称叹。燕君市骏马之骨,非欲以骋道里,乃当以招绝足也。惟公匡复汉室,宗社将绝,又能正之。正之之术,实须得贤。珠玉无胫而自至者,以人好之也,况贤者之有足手?昭王筑台以尊郭隗,隗虽小才,而逢大遇,竟能发明主之至心,故乐毅自魏往,剧辛自赵往,邹衍自齐往。向使郭隗倒悬而王不解,临溺而王不拯,则士亦将高翔远引,莫有北首燕路者矣。

　　凡所称引,自公所知,而复有云者,欲公崇笃斯义也。因表不悉。

为袁绍檄豫州

陈　琳

　　左将军领豫州刺史、郡国相守：盖闻明主图危以制变，忠臣虑难以立权。是以有非常之人，然后有非常之事；有非常之事然后立非常之功。

　　夫非常者，故非常人之所拟也。曩者强秦弱主。

　　赵高持柄，专制朝权，威福由已，时人迫胁，莫敢正言。终有望夷之败，祖宗焚灭，污辱至今，永为世鉴。及臻吕后季年，产禄专政，内兼二军，外统梁赵，擅断万机，决事省禁，下凌上替，海内寒心。于是绛侯朱虚，兴兵奋怒，诛夷逆暴，尊立太宗。故能王道兴隆，光明显融。此则大臣立权之明表也。司空曹操，祖父中常侍腾，与左、徐璜并作妖孽，饕餮放横，伤化虐民。父嵩，乞丐携养，因脏假位，舆金辇璧，输货权门，窃盗鼎司，倾覆重器。操赘阉遗丑，本无懿德，犭票狡锋协，好乱乐祸。幕府董统鹰扬，扫除凶逆，续遇董卓，侵官暴国。于是提剑挥鼓，发命东夏，收罗英雄，弃瑕取用。故遂与操同咨合谋，授以裨师。谓其鹰犬之才，爪牙可任。至乃愚佻短略，轻进易退，伤夷折衄，数丧师徒。幕府辄复分兵命锐，修完补辑，表行东郡，领兖州刺史。被以虎文，奖蹙威柄，冀获秦师一克之报。而操遂承资跋扈，肆行凶忒，割剥元元，残贤害善。故九江太守边让，英才俊伟天下知名。直言正色，论不阿谄，身首被枭悬之诛，妻孥受灰之咎。自是士林愤痛，民怨弥重，一夫奋臂，举州同声。故躬破于除方，地夺于吕布彷徨东裔，蹈据无所。幕府惟强干弱枝之义，且不登叛人之党，故复援旌擐甲，席卷起征，金鼓响震，布众奔沮。拯其死亡之患，复其方伯之位。则幕府无德于兖土之民，而有大造于操也。后会鸾驾反旆，群虏寇攻，时冀州方有北鄙之警，匪遑离局。故使从事中郎徐勋，就发遣曹，使缮修郊庙，翌卫动主。操便放志，专行胁迁，当御省禁，卑侮王室,则法乱纪,坐领三台,专制朝政。爵赏由心,刑戮在口,所受光五宗,所恶灭三族。群谈者受显诛,腹议者蒙陷戮,百寮钳口道路以目。尚书记朝会,公卿充员品而已。故太尉杨彪,典历二司,享国极位。操因缘眦睚,被以非罪,楚参并,五毒备至,触情任式,不顾宪纲。又议郎赵彦,忠谏直言,义有可纳,是以圣朝含听,改容加饰。操欲迷夺时明,杜绝言路,擅收立杀,不俟报闻。又梁孝王先帝母昆,坟陵尊显桑梓松柏,犹宜肃恭。而操帅将校吏士,亲临发掘,破棺裸尸,掠取金宝至今圣朝流涕,士民伤怀。操又特置发丘中郎将,摸金校尉,所过隳突无骸不露。身处三公之位,面行桀虏之态,污国虐民,毒施人鬼。加其细政苛惨,科防互设,罾缴充蹊,坑阱塞路,举手挂网罗,动足触机陷,是以兖、豫有无聊之民,帝都有吁嗟之怨。历观载籍无道之臣,贪残酷烈,于操为甚。幕府方诘外奸,未及整训,加绪含容,冀可弥缝。而操豺狼野心,潜包祸谋,乃欲摧挠栋梁,孤弱汉室,除灭忠正,专为枭雄。往者伐鼓北征,公孙瓒强寇桀逆,拒围一年操因其未破,阴交书命,外助王师,内相掩袭,故引兵造河,方舟北济。会其行人发露,瓒亦枭夷,故使锋芒挫缩,厥图不果。尔乃大军过荡西山屠各左校,皆束手奉质,争为前登,犬羊残丑,消沦山谷。于是操师震晨夜逋逋,屯居敖仓,阻河为固,欲以螳螂之斧御隆车之隧。幕府奉汉威灵,折冲宇庙,长戟百万,胡骑千群,奋中黄、育、获之士,聘良弓劲弩之势,并州越太行,青州涉济、漯,大军泛黄河而角其前,荆州下宛、叶而掎其后。雷霆虎步,并集虏庭,若举炎火以炳飞蓬,覆沧海以沃炭,有何不灭者哉? 又操军吏士,其可战者,皆出自幽、冀,或故营部曲,咸怨旷思归,流涕北顾。其余兖、豫之民,及吕布、张扬遗众,覆亡迫胁,权时苟从,各被创痍,人为仇敌。若回旆方徂,登高岗而击鼓吹,扬素挥以启降路,必土崩瓦解,不俟血刃。方今汉室陵迟,纲维弛绝,圣朝无一介之辅,股肱无折冲之势。方畿之内,简练之臣,皆垂头翼,莫所凭恃,虽有忠义之佐胁于暴虐之臣焉能展其节!

又操持部曲精兵七百,围守宫阙,外托宿卫内实拘执。惧其篡逆之萌,因斯而作。此乃忠臣肝脑涂地之秋,烈士立功之会,可不哉!

操又矫命称制,遣使发兵,恐边远州郡,过听而给与,强寇弱主,违众旅叛。举以丧名,为天下笑,则明哲不取也。即日幽、并、青、冀,四州并进。书到荆州,便勒见兵,与建忠将军协同声势。州郡各整戎马,罗落境界,举师扬威,并匡社稷,则非常之功,于是乎著。

其得操首者,封五千户侯,赏钱五千万,部曲偏裨、将校诸吏降者,勿有所问。广宣恩信,班扬符赏,布告天下,咸使知圣朝有拘逼之难。如律令。

让县自明本志令

曹　操

　　孤始举孝廉,年少,自以本非岩穴知名之士,恐为海内人之所见凡愚,欲为一郡守,好作政教,以建立名誉,使世士明知之。

　　故在济南,始除残去秽,平心选举,违迕诸常侍。以为强豪所忿,恐致家祸,故以病还。去官之后,年纪尚少,顾视同岁中,年有五十,未名为老。内自图之从此却去二十年,待天下清,乃与同岁中始举者等耳。故以四时归乡里于谯东五十里筑精舍,欲秋夏读书,冬春射猎,求底下之地,欲以泥水自蔽,绝宾客往来之望。然不能得如意。后征为都尉,迁典军校尉,意遂更欲为国家讨贼立功题墓道言"汉故征西将军曹侯之墓",此其志也。而遭值董卓之难,兴举义兵。是时合兵能多得耳,然常自损,不欲多之;所以然者,兵多意盛,与强敌争,倘更为祸始。故汴水之战数千,后还到扬州更募,亦复不过三千人,此其本志有限也。后领兖州,破降黄巾三十万众。又袁术僭号于九江,下皆称臣,名门曰建号门,衣被皆为天子之制,两妇预争为皇后。志计已定,人有劝术使遂即帝位,露布天下,答言"曹公尚在,未可也"。后孤讨禽其四将人众遂使术穷亡解沮,发病而死。及至袁绍据河北,兵势强盛,孤自度势,实不敌之。但计投死为国,以义灭身,足垂于后。幸而破绍,枭其二子。又刘表自以为宗室,包藏奸心,乍前乍却,以观世事,据有荆州,孤复定之遂平天下。身为宰相,人臣之贵已极,意望已过矣。今孤言此,若为自大,欲人言尽,故无讳耳。设使国家无有孤,不知当几人称帝,几人称王!或者人见孤强盛,又性不信天命之事,恐私心相评,言有不逊之志,妄相忖度,每用耿耿。齐桓、晋文所以垂称至今日者以其兵势广大,犹能奉事周室也。

　　《论语》云:"三分天下有其二,以服事殷,周之德可谓至德矣。"夫能以大事小也。昔乐毅走赵,赵王欲与之图燕,乐毅伏而垂泣,对曰:"臣事昭王,犹事大王;臣若获戾,放在他国,没世然后已,不忍谋赵之徒隶,况燕后嗣乎!"胡亥之杀蒙恬也,恬曰:"自吾先人及至子孙,积信于秦三世矣;今臣将兵三十余万,其势足以背叛然自知必死而守义者,不敢辱先人之教以忘先王也。"孤每读此二人书未尝不怆然流涕也。孤祖、父以至孤身,皆当亲重之任,可谓见信者矣以及子桓兄弟三世矣。孤非徒对诸君说此也,常以语妻妾,皆令深知此意。孤谓之言:"顾我万年之后皆当出嫁,欲令传道我心,使他人皆知之。"孤此言皆肝鬲之要也。所以勤勤恳恳叙心腹者,见周公有《金》之书以自明,恐人不信之故。然欲孤便尔委捐所典兵众,以还执事,归就武平侯国,实不可也何者?诚恐己离兵为人所祸也。既为子孙计,又己败则国家倾危,是以不得慕虚名而处实祸,此所不得为也。前朝恩封三子为侯,固辞不受,今更欲受之,非欲复以为荣,欲以为外援,为万安计。孤闻介推之避晋封,申胥之逃楚赏,未尝不舍书而叹,有以自省也奉国威灵,仗钺征伐,处小而禽大。意之所图,动无违事,心之所虑,何向不济?遂荡平天下,不辱主命。可谓天助汉室,非人力也。然封兼四县食户三万,何德堪之!

　　江湖未静,不可让位。至于邑土,可得而辞。今上还阳夏、柘、苦三县户二万,但食武平万户,且以分损谤议孤之责也。

《孙子兵法》序

曹　操

　　操闻上古有弧矢之利，《论语》曰："足食足兵"，《尚书》"八政"曰"师"，《易》"师贞丈人吉"，《诗》曰"王赫斯怒，爰整其旅"黄帝、汤、武咸用干戚以济世也。《司马法》曰："人故杀人，杀之可也。"恃武者灭，恃文者亡，夫差、偃王是也。圣人之用兵，戢而时动，不得已而用之。吾观兵书战策多矣，孙武所著深矣。孙子者，齐人也，名武，为吴王阖闾作《兵法》一十三篇，试之妇人。卒以为将，西攻强楚，入郢；北威齐晋。后百岁余有孙膑，是武之后也。审计重举，明画深图，不可相诬，而但世人未之深亮训说，况文烦富，行于世者失其旨要，故撰为略解焉。

典论·论文

曹　丕

文人相轻,自古而然。傅毅之于班固,伯仲之间耳,而固小之,与弟超书曰:"武仲以能属文为兰台令史,下笔不能自休。"夫人善于自见,而文非一体,鲜能备善,是以各以所长,相轻所短。里语曰"家有弊帚,享之千金。"斯不自见之患也。今之文人,鲁国孔融文举,广陵陈琳孔璋,山阳王粲仲宣,北海徐干伟长,陈留阮元瑜,汝南应德琏,东平刘桢公干:斯七子者,于学无所遗,于辞无所假,咸以自骋骥录于千里,仰齐足而并驰。以此相服,亦良难矣!盖君子审己以度人,故能免于斯累,而作论文王粲长于辞赋;徐干时有齐气,然粲之匹也。如粲之《初征》《登楼》《槐赋》《征思》,干之《玄猿》《漏卮》《圆扇》《橘赋》,虽张、蔡不过也。然于他文,未能称是。琳、之章表书记,今之隽也和而不壮;刘桢壮而不密。孔融体气高妙,有过人者;然不能持论,理不胜辞,以至乎杂以嘲戏;及其所善,扬、班俦也。常人贵远贱近,向声背实;又患于自见,谓己为贤。夫文,本同而末异。盖奏议宜雅,书论宜理,铭诔尚实,诗赋欲丽。此四科不同,故能之者偏也;唯通才能备其体。文以气为主,气之清浊有体,不可力强而致。譬诸音乐,曲度虽均节奏同检,至于引气不齐,巧拙有素,虽在父兄,不能以移子弟。盖文章,经国之大业,不朽之盛事。年寿有时而尽,荣乐止乎其身二者必至之常期,未若文章之无穷。是以古之作者,寄身于翰墨,见意于篇籍,不假良史之辞,不托飞驰之势,而声名自传于后。故西伯幽而演《易》,周旦显而制《礼》,不以隐约而弗务,不以康乐而加思。夫然,则古人贱尺璧而重寸阴,惧乎时之过已!而人多不强力:贫贱则慑于饥寒则流于逸乐,遂营目前之务,而遗千载之功。日月逝于上,体貌衰于下,忽然与万物迁化,斯志士之大痛也!融等已逝,惟干著论,成一家言。

与杨德祖书

曹 植

植曰：数日不见，思子为劳，想同之也。

仆少好为文章，迄至于今，二十有五年矣，然今世作者，可略而言也。

昔仲宣独步于汉南，孔璋鹰扬于河朔，伟长擅名于青土，公干振藻于海隅，德琏发迹于大魏，足下高视于上京。当此之时，人人自谓握灵蛇之珠，家家自谓包荆山之玉，吾王于是设天网以该之，顿八以掩之，今悉集兹国矣。然此数子犹复不能飞轩绝迹，一举千里。以孔璋之才，不闲于辞赋，而多自谓能与司马长卿同风，譬画虎不成反为狗也，前书嘲之，反作论盛道仆赞其文。夫钟期不失听，于今称之，吾亦不能妄叹者，畏后世之嗤余也。世人之著述，不能无病，仆常好人讥弹其文，有不善者，应时改定昔丁敬礼常作小文，使仆润饰之，仆自以才不过若人，辞不为也。敬礼谓仆，卿何疑难，文之佳恶，吾自得之，后世谁相知定吾文者邪？吾常叹此达言，以为美谈。昔尼父之文辞，与人流通，至于制《春秋》，游夏之徒乃不能措一辞。过此而言不病者，吾未之见也。盖有南威之容，乃可以论于淑媛，有龙渊之利，乃可以议于断割，刘季绪才不能逮于作者，而好诋诃文章，掎摭利病。昔田巴毁五帝，罪三王，訾五霸于稷下，一旦而服千人，鲁连一说，使终身杜口。刘生之辩，未若田氏，今之仲连，求之不难，可无息乎？人各有好尚，兰荪蕙之芳，众人所好，而海畔有逐臭之夫；咸池六茎之发，众人所同乐，而墨翟有非之论，岂可同哉！今往仆少小所著辞赋一通相与，夫街谈巷说，必有可采，击辕之歌有应风雅，匹夫之思，未易轻弃也。辞赋小道，固未足以揄扬大义，彰示来世也。昔扬子云先朝执戟之臣耳，犹称壮夫不为也。吾虽德薄，位为藩侯，犹庶几戮力上国，流惠下民，建永世之业，流金石之功，岂徒以翰墨为勋绩，辞赋为君子哉!

　　若吾志未果,吾道不行,则将采庶官之实录,辩时俗之得失,定仁义之衷,而一家之言,虽未能藏之于名山,将以传之同好,非要之皓首,岂今日之论乎? 其言之不惭,恃惠子之知我也。明早相迎,书不尽怀,植白。

求自试表

曹　植

　　臣植言：臣闻士之生世，入则事父，出则事君，事父尚于荣亲，事君贵于兴国。故慈父不能爱无益之子，仁君不能畜无用之臣。夫论德而授官者，成功之君也；量能而受爵者，毕命之臣也。

　　故君无虚授臣无虚受，虚授谓之谬举，虚受谓之尸禄，《诗》之"素餐"所由作也。昔二虢不辞两国之任，其德厚也；旦、不让燕、鲁之封，其功大也。今臣蒙国重恩，三世于今矣。正值陛下升平之际，沐浴圣泽，潜润德教，可谓厚幸矣。而位窃东藩，爵在上列，身被轻暖，口厌百味，目极华靡，耳倦丝竹者，爵重禄厚之所致也。退念古之受爵禄者，有异于此，皆以功勤济国辅主惠民，今臣无德可述，无功可纪，若此终年，无益国朝，将挂风人"彼其"之讥。是以上惭玄冕，俯愧朱绂。方今天下一统，九州晏如，而顾西有违命之蜀，东有不臣之吴，使边境未得脱甲，谋士未得高枕者，诚欲混同宇内，以致太和也。故启灭有扈而夏功昭，成克商、奄而周德著。今陛下以圣明统世，将欲卒文武之功继成，康之隆，简贤授能，以方叔、召虎之臣，镇御四境，为国爪牙者，可谓当矣。然而高鸟未挂于轻缴，渊鱼未悬于钩饵者，恐钩射之术，或未尽也。昔耿不俟光武，亟击张步，言不以贼遗于君父。故车右伏剑于鸣毂，雍门刎首于齐境，若此二士，岂恶生而尚死哉？诚忿其慢主而陵君也。夫君之宠臣，欲以除患兴利；臣之事君，必以杀身靖乱。以功报主也昔贾谊弱冠，求试属国，请系单于之颈而制其命；终军以妙年使越，欲得长缨缨其王，羁致北阙。此二臣，岂好为夸主而耀世哉？志成郁结，欲逞其才力，输能于明君也。昔汉武为霍去病治第，辞曰："匈奴未灭，臣无以家为！"夫忧国忘家，捐躯济难，忠臣之志也。今臣居外，非不厚也，而寝不安席，食不遑味者，伏以二方未克为念。伏见光武皇帝武臣宿将,年耆即世者有闻矣。虽贤不乏世,宿将旧卒,犹习战陈,窃不自量,志在效命,庶立毛发之功,以报所受之恩。若使陛下出不世之诏,效臣锥刀之用,使得西属大将军,当一校之队,若东属大司马,统偏舟之任,必乘危蹈险,骋舟奋骊,突刃触锋,为士卒先。虽未能禽权馘亮,庶将虏其雄率,歼其丑类,必效须臾之捷,以灭终身之愧使名挂史笔,事列朝策。虽身分蜀境,首悬吴阙,犹生之年也。如微才弗试,没世无闻,徒荣其躯而丰其体,生无益于事,死无损于数,虚荷上位而忝重禄,禽息鸟视,终于白首,此徒圈牢之养物,非臣之所志也。流闻东军失备,师徒小血刃,辍食弃餐,奋袂攘衽,抚剑东顾,而心已驰于吴会矣。臣昔从光武皇帝南极赤岸,东临沧海,西望玉门,北出玄塞,伏见所以行军用兵之势,可谓神妙矣。故兵者不可豫言,临难而制变者也。志欲自效于明时,立功于圣世。每览史籍,观古忠臣义士,出一朝之命,以徇国家之难,身虽屠裂,而功铭著于鼎钟,名称垂于竹帛,未尝不拊心而叹息也。臣闻明主使臣,不废有罪。故奔北败军之将用,秦、鲁以成其功;绝缨盗马之臣赦,楚、赵以济其难。臣窃感先帝早崩,威王弃世,臣独何人以堪长久!常恐先朝露,填沟壑,坟土未干,而身名并灭。臣闻骐骥长鸣则伯乐照其能;卢狗悲号,则韩国知其才。是以效之齐、楚之路,以逞千里之任;试之狡兔之捷,以验搏噬之用。今臣志狗马之微功,窃自惟度终无伯乐,韩国之举,是以于邑而窃自痛者也。夫临博而企竦,闻乐而窃抃者,或有赏音而识道也。昔毛遂,赵之陪隶,犹假锥囊之喻,以寤主立功,何况巍巍大魏多士之朝,而无慷慨死难之臣乎!夫自衒自谋者,士女之丑行也;干时求进者,道家之明忌也。

而臣敢陈闻于陛下者,诚与国分形同气,忧患共之者也,冀以尘雾已微补益山海,荧烛末光增辉日月,是以敢冒其丑而献其忠。必知为朝士所笑圣主不以人废言,伏惟陛下少垂神听,臣则幸矣。

吊魏武帝文并序

陆 机

元康八年，机始以台郎出补著作，游乎秘阁，而见魏武帝遗令，忾然叹息，伤怀者久之。

客曰：夫始终者，万物之大归；死生者，性命之区域。是以临丧殡而后悲，睹陈根而绝哭。今乃伤心百年之际，兴衰无情之地，意者，无乃知哀之可有，而未识情之可无乎？机答之曰：夫日食由乎交分，山崩起于朽壤，亦云数而已矣。然百姓怪焉者，岂不以资高明之质，而不免卑浊之累；居常安之势，而终婴倾离之患故乎？夫以回天倒日之力，而不能振形骸之内；济世夷难之智，而受困魏阙之下。已而格乎上下者，藏于区区之木；光于四表者，翳乎蕞尔之土。雄心摧于弱情，壮图终于哀志，长算屈于短日，远迹顿于促路，呜呼！岂特瞽史之异阙景，黔黎之怪颓岸乎？观其所以顾命冢嗣，贻谋四子，经国之略既远，隆家之训亦弘。又云：“吾在军中，持法是也。至小忿怒，大过失，不当效也。”善乎，达人之谠言矣！持姬女而指季豹，以示四子，曰：“以累汝！”因泣下。伤哉！曩以天下自任，今以爱子托人。同乎尽者无馀，而得乎亡者无存。然而婉娈房闼之内，绸缪家人之务，则几乎密与？又曰：“吾婕好妓人，皆著铜爵台。于台堂上施八尺床帐，朝晡上脯糒之属。月朝十五，辄向帐作妓。汝等时时登铜爵台望吾西陵墓田。”又云：“馀香可分与诸夫人。诸舍中无所为，学作履组卖也。吾历官所得绶，皆著藏中。吾馀衣裘，可别为一藏。不能者，兄弟可共分之。”既而竟分焉，亡者可以勿求，存者可以勿违，求与违，不其两伤乎？悲夫！爱有大而必失，恶有甚而必得，智惠不能去其恶，威力不能全其爱。故前识所不用心，而圣人罕言焉。若乃系情累于外物，留曲念于闺房，亦贤俊之所宜废乎！于是遂愤懑而献吊云尔。接皇汉之末绪,值王途之多违,仵重渊以育鳞,抚庆云而遐飞。运神道以载德,乘灵风而扇威。摧群雄而电击,举敌其如遗。指八极以远略,必翦焉而后绥。三才之缺典,启天地之禁闱。举修网之绝纪,纽大音之解徽。扫云物以贞观,要万途而来归。丕大德以宏覆,援日月而齐辉。济元功于九有,固举世之所推。彼人事之大造,夫何往而不臻,将覆篑于浚谷,挤为山乎九天。苟理穷而性尽,岂长算之所研。悟临川之有悲,固梁木其必颠。当建安之三八,实大命之所艰。虽光昭于曩载,将税驾于此年。惟降神之帛系邈,眇千载而远期。信斯武之未丧,膺灵符而在兹。虽龙飞于文昌,非王心之所怡。愤西夏以鞠旅,秦川而举旗。逾镐京而不豫,临渭滨而有疑。冀翌日之云廖,弥四旬而成灾。咏归途以反旆,登崤渑而来。次洛而大渐,指六军曰念哉。伊君王之赫奕,实终古之所难,威先天而盖世,力荡海而无拔山,厄奚险而弗济,敌何强而不残,每因祸以福,亦践危而必安。迄在兹而蒙昧,虑噤闭而无端,委躯命以待难,痛没世而永言。抚四子以深念,循肤体而颓叹。迫营魄之未离,假馀息乎音翰。执姬女以瘁,指季豹而焉。气冲襟以呜咽,涕垂睫而澜。违率士以靖寐,戢弥天乎一棺。咨宏度之峻邈,壮大业之允昌。思居终而恤始,命临没而肇扬。援贞吝以悔,虽在我而不臧。惜内顾之缠绵,恨末命之微详。纡广念于履组,尘清虑于馀香,结遗情之婉娈,何命促而意长?陈法服于帷座,陪窈窕于玉房。宣备物于虚器,发哀音于旧倡。矫戚容以赴节,掩零泪而荐觞。物无微而不存,体无惠而不亡。庶圣灵之响像,想幽神之复光。苟形声之翳没,虽音影其必藏。徽清弦而独奏,进脯糈备而谁尝?悼帐之冥漠,怨西陵之茫茫。登爵台而群悲,美目其何望?既古以遗累,信简礼而薄葬,彼裘绂于何有,贻尘谤于后王。嗟大恋之所存,故虽哲而不忘。览遗籍以慷慨,献兹文而凄伤!

狱中与诸甥侄书

范 晔

　　吾狂衅覆灭,岂复可言!汝等皆当以罪人弃之然平生行已在怀,犹应可寻,至于能不,意中所解,汝等或不悉知。吾少懒学问,晚成人,年三十许政始有向耳。自尔以来,转为心化推老将至者,亦当未已也。往往有微解,言乃不能自尽。为性不寻注书心气恶,小苦思便愦闷,口机又不调利,以此无谈功。至于所通解处,皆自得之于脑怀耳。文章转进,但才少思难,所以每于操笔,其所成篇,殆无全称者。常耻作文士。文患其事尽于形,情急于藻,义牵其旨其意。虽时有能者,大较多不免此累,政可类工巧图缋,竟无得也。常谓情志所托,故当以意为主,以文传意。以意为主,则其旨必见;以文传意,则其词不流。然后抽其芬芳,振其金石耳。此中情性旨趣,千条百品,屈曲有成理。自谓颇识其数,尝为人言,多不能赏,意或异故也。性别宫商,识清浊,斯自然也。观古今文人,多不全了此处;纵有会此者,不必从根本中来。言之皆有实证,非为空谈。年少中谢庄最有其分,手笔差易,文不拘韵故也。吾思乃无定方,特能济难适轻重,所禀之分,犹当未尽,但多公家之言,少于事外远致,以此为恨,亦由无意于文名故也。本未关史书,政恒觉其不可解耳。既造《后汉》,转得统绪。详观古今著述及评论,殆少可意者。班氏最有高名,既任情无例,不可甲乙辨。后赞于理近无所得,唯志可推耳。博赡不可及之,整理未必愧也。吾杂传论,皆有精意深旨,既有裁味,故约其词句。至于《循吏》以下及《六夷》诸序论,笔势纵放,实天下之奇作。其中合者,往往不减《过秦》篇。尝共比方班氏所作,非但不愧之而已。欲遍作诸志,《前汉》所有者悉令备虽事不必多,且使见文得尽;又欲因事就卷内发论,以正一代得失,意复未果。赞自是吾文之杰思,殆无一字空设,奇变不穷,同含异体,乃自不知所以称之。此书行,故应有赏音者。'纪传例'为举其大略耳，诸细意甚多。自古体大而思精，未有此也。恐世人不能尽之，多贵古贱今，所以称情狂言耳。吾于音乐，听功不及自挥，但所精非雅声为可恨。然至于一绝处，亦复何异邪！其中体趣，言之不尽。弦外之意，虚响之音，不知所从而来。虽少许处，而旨态无极。亦尝以授人，士庶者中未有一豪似者。此永不传矣！吾书虽小小有意，笔势不快。余竟不成就。每愧此名。

范滂传

范　晔

　　范滂字孟博,汝南征羌人。少厉清节,为州里所服,举孝廉、光禄四行。时冀州饥荒,盗贼群起,乃以范滂为清诏使,案察之。滂登车揽辔,慨然有澄清天下之志。及至州境,守令自知臧污,望风解印绶去。其所举奏,莫不厌塞众议。迁光禄勋主事。时陈蕃为光禄勋,滂执公仪诣蕃,蕃不止之,滂怀恨,投版弃官而去。郭林宗闻而让蕃曰:"若范孟博者,岂宜以公礼格之? 今成其去就之名,得无自取不优之议也?"蕃乃谢焉。复为太尉黄琼所辟。后诏三府掾属举谣言,滂奏刺史、二千石权豪之党二十余人。尚书责滂所劾猥多,疑有私故。滂对曰:"臣之所举,自非叨秽奸暴,深为民害,岂以污简札哉! 间以会日迫促,故先举所急,其未审者,方更参实。臣闻农夫去草,嘉谷必茂;忠臣除奸,王道以清。若臣言有贰,甘受显戮。"吏不能诘,滂睹时方艰,知意不行,因投劾去。太守宗资先闻其名,请署功曹,委任政事。滂在职,严整疾恶。其有行违孝悌,不轨仁义者,皆扫迹斥逐,不与共朝。显荐异节,抽拔幽陋。滂外甥西平李颂,公族子孙,而为乡曲所弃,中常侍唐衡以颂请资,资用为吏。滂以非其人,寝而不召。资迁怒,捶书佐朱零。零仰曰:"范滂清裁犹以利刃齿腐朽。今日宁受笞死,而滂不可违。"资乃止。郡中中人以下莫不归怨,乃指范滂之所用以为"范党"。后牢诬言钩党,滂坐系黄门北寺狱。狱吏谓曰:"凡坐系皆祭皋陶。"滂曰:"皋陶贤者,古之直臣。知滂无罪,将理之于帝;如其有罪,祭之何益!"众人由此亦止。狱吏将加掠考,滂以同囚多婴病,乃请先就格遂与同郡袁忠争受楚毒。桓帝使中常侍王甫以次辩诘,滂等皆三木囊头,暴于阶下。余人在前,或对或否,滂、忠于后越次而进。王甫诘曰:"君为人臣,不惟忠国,而共造部党,自相褒举,评论朝廷,虚构无端,诸所谋结,并欲何为?皆以情对,不得隐饰。"滂对曰:"臣闻仲尼之言,'见善如不及,见恶如探汤'。欲使善善同其清,恶恶同其污,谓王政之所愿闻,不悟更以为党。"甫曰:"卿更相拔举,迭为唇齿,有不合者,见则排斥,其意如何?"滂乃慷慨仰天曰:"古之循善,自求多福;今之循善,身陷大戮。身死之日,愿埋滂于首阳山侧,上不负皇天,下不愧夷、齐。"甫愍然为之改容。乃得并解桎梏。滂后事释,南归。始发京师,汝南、南阳士大夫迎之者数千两。同囚乡人殷陶、黄穆,亦免俱归,并卫侍于滂,应对宾客。滂顾谓陶等曰:"今子相随,是重吾祸也。"遂遁还乡里。初,滂等系狱,尚书霍理之。及得免,到京师,往候谞而不为谢。或有让滂者。对曰:"昔叔向婴罪,祁奚救之,未闻羊舌有谢恩之辞,祁老有自伐之色。"竟无所言。建宁二年,遂大诛党人,诏下急捕滂等,督邮吴导至县,抱诏书,闭传舍,伏床而泣。滂闻之,曰:"必为我也。"即自诣狱。县令郭揖大惊,出解印绶,引与俱亡。曰:"天下大矣,子何为在此?"滂曰:"滂死则祸塞,何敢以罪累君,又令老母流乎!"其母就与之诀。滂白母曰:"仲博孝敬,足以供养,滂从龙舒君归黄泉,存亡各得其所。惟大人割不可忍之恩,勿增感戚。"母曰:"汝今得与李、杜齐名,死亦何恨!既有令名,复求寿考,可兼得乎?"滂跪受教,再拜而辞。顾谓其子曰:"吾欲使汝为恶,则恶不可为;使汝为善,则我不为恶。"行路闻之,莫不流涕。时年三十三。论曰:李膺振拔污险之中,蕴义生风,以鼓动流俗,激素行以耻威权,立廉尚以振贵势,使天下之士奋讯感慨,波荡而从之,幽深牢破室族而不顾,至于子伏其死母欢其义。壮矣哉!子曰:"道之将废也与?命也!"

陶征士诔并序

颜延之

　　夫璇玉致美,不为池隍之宝;桂椒信芳,而非园林之实。岂其深而好远哉?盖云殊性而已。故无足而至者,物之藉也;随踵而立者,人之薄也。若乃巢高之抗行,夷皓之峻节,故已父老尧禹,锱铢周汉,而绵世浸远,光灵不属。至使菁华隐没,芳流歇绝,不其惜乎!虽今之作者,人自为量,而首路同尘,辍途殊轨者多矣。岂所以昭末景、泛余波?有晋征士寻阳陶渊明,南岳之幽居者也。弱不好弄,长实素心,学非称师,文取指达,在众不失其寡,处言愈见其默。少而贫病,居无仆妾,井臼弗任,藜菽不经,母老子幼,就养勤匮。远惟田生致亲之议,追悟毛子捧檄之怀。初辞州府三命,后为彭泽令,道不偶物,弃官从好。遂乃解体世纷,结志区外,定迹深栖,于是乎远。灌畦鬻蔬,为供鱼蔬之祭;织纴纬萧,以充粮粒之费。心好异书,性乐酒德。简弃烦促,就成省旷,殆所谓国爵屏贵,家人忘贫者与?有诏征为著作郎,称疾不到。春秋若干。元嘉四年月日,卒于寻阳县之某里,近识悲悼,远士伤情,冥默福应,呜呼淑贞。夫实以诔华,名由谥高。苟允德义,贵贱何算焉!若其宽乐令终之美,好廉克己之操,有合谥典,无怼前志。故询诸友好,宜谥曰精节征士。其辞曰:物尚孤生,人固介立。岂伊时遘,曷云世及!嗟乎若士,望古遥集。韬比洪族,蔑彼名级。睦亲之行,至自非敦。然诺之信,重于布言。廉深简,贞夷粹温,和而能峻,博而不繁。依世尚同,诡时则异。有一于此,两非默置。岂若夫子,因心违事。畏荣好古,薄身厚志。世霸虚礼,州壤推风,孝惟义养,道必怀邦。人之乘彝,不隘不恭,爵同下士,禄等上农。度量难均,进退可限。长卿弃官,稚宾自免。子之悟之,何悟之辩!赋诗归来,高蹈独善。亦既超旷,无适非心。汲流旧山献,葺宇家林。晨烟暮蔼,春煦秋阴。陈书辍卷,置酒弦琴。居备勤俭,躬兼贫病。人否其忧,子然其命。隐约就闲,迁延辞聘。非直也明,是惟道性。纠翰流,冥漠报施,孰云与仁,实疑明智。谓天盖高,胡年在中身,维疾,视死如归,临凶若吉。药剂弗尝,祷祀非恤,幽告终,怀和长毕。呜呼哀哉!敬述靖节,式尊遗占,存不愿丰,设无求赡,省讣却赙,轻哀薄敛。遭壤以穿,旋葬而。呜呼哀哉!深心追往,远情逐化,自尔介居,及我多暇。伊好之洽,接阎邻舍,宵盘昼憩,非舟非驾。念昔宴私,举觞相诲:"独正者危,至方则碍,哲人卷舒,布在前载,取鉴不远,吾规子佩。"尔实愀然,中言而发"违众速尤,迕风先蹶,身才非实,荣声有歇。"睿音永矣,谁箴余阙!呜呼哀哉!仁焉而终,智焉而毙,黔娄既没,展禽亦逝,其在先生,同尘往世旌此靖节,加彼康惠。呜呼哀哉!

芜城赋

鲍　照

　　泸迤平原，南驰苍梧涨海，北走紫塞雁门。以漕渠，轴以昆岗。重江复关之奥，四会五达之庄。当昔全盛之时，车挂车毂人驾肩；廛扑地，歌吹沸天。孳货盐田，铲利铜山，才力雄富，士马精妍。故能侈秦法，佚周令，划崇墉，刳浚洫，图修世以休命。是以板筑雉堞之殷，烽橹之勤，格高五岳，袤广三坟，山卒若断岸，矗似长云。制磁石以御冲，糊赤贞壤以飞文。观基扃之固护，将万祀而一君。出入三代，五百余载，竟瓜剖而豆分。泽葵依井，荒葛涂。坛罗虺蜮，阶斗麇鼯。木魅山鬼，野鼠城狐，风嗥雨啸，昏见晨趋。饥鹰砺吻寒鸱吓雏。伏藏虎，乳血餐肤。崩榛塞路峥嵘古馗。白杨早落，寒草前衰。霜气，薪薪风威。孤蓬自振，惊沙坐飞。灌莽杳而无际，丛薄纷其相依。通池既已夷，峻隅又已颓。直视千里外，唯见起黄埃。凝思寂听，心伤已摧。若夫藻扃黼帐，歌堂舞阁之基；璇渊碧树，弋林钓渚之馆；吴蔡齐秦之声，鱼龙爵马之玩，皆薰歇烬灭，光沉响绝。东都妙姬，南国佳人，蕙心纨质，玉貌绛唇，莫不埋魂幽石，委骨穷尘。岂忆同辇之愉乐，离宫之苦辛哉？天道如何？吞恨者多。抽琴命操，为芜城之歌。歌曰：边风急兮城上寒，井径灭兮丘陇残。千龄兮万代，共尽兮何言。

登大雷岸与妹书

鲍　照

吾自发寒雨，全行日少，加秋潦浩汗，山溪猥至渡溯无边，险径游历，栈石星饭，结荷水宿，旅客贫辛，波路壮阔，始以今日食时，仅及大雷。涂登千山，日逾十晨，严霜惨节，悲风断肌，去亲为客，如何如何！向因涉顿，凭观川陆；遨神清渚，流睇方曛；东顾五洲之隔，西眺九派之分；窥地门之绝景，望天际之孤云。长图大念，隐心者久矣！南则积山万状，负气争高，含霞饮景，参差代雄，凌跨长陇，前后相属，带天有匝，横地无穷。东则砥原远隰，亡端靡际。寒蓬夕卷，古树云平。旋风四起，思鸟群归。静听无闻，极视不见。北则陂池潜演，湖脉通连。苧蒿攸积，菰芦所繁。栖波之鸟，水化之虫，智吞愚，强捕小，号噪惊聒，纷乎其中。西则回江永指，长波天合。滔滔何穷，漫漫安歇！创古迄今，舳舻相接。思尽波涛，悲满潭壑。烟归八表，终为野尘。而是注集，长写不测，修灵浩荡，知其何故哉！西南望庐山，又特惊异。基压江潮，峰与辰汉相接。上常积云霞，雕锦缛。若华夕曜，岩泽气通，传明散彩，赫似绛天。左右青霭，表里紫霄。从岭而上，气尽金光，半山以下，纯为黛色。信可以神居帝郊，镇控湘、汉者也。若洞所积，溪壑所射，鼓怒之所击涌之所宕涤，则上穷荻浦，下至洲，南薄燕辰，北极雷淀，削长埤短可数百里。其中腾波触天，高浪灌日，吞吐百川，写泄万壑。轻烟不流，华鼎振涾。弱草朱靡，洪涟陇蹙。散涣长惊，电透箭疾。穿溢崩聚，坻飞岭覆。回沫冠山，奔涛空谷。石甚石为之摧碎，岸为之落。仰视大火，俯听波声，愁魄胁息，心惊慓矣。至于繁化殊育，诡质怪章，则有江鹅、海鸭、鱼鲛、水虎之类，豚首、象鼻、芒须、针尾之族，石蟹、土蚌、燕箕、雀蛤之俦，折甲、曲牙、逆鳞、返舌之属，掩沙涨，被草渚，浴雨排风，吹涝弄翻。夕景欲沈，晓雾将合，孤鹤寒啸，游鸿远吟,樵苏一叹,舟子再泣。诚足悲忧,不可说也。风吹雷飙,夜戒前路。下弦内外,望达所届。寒暑难适,汝专自慎。夙夜戒护,勿我为念。恐欲知之,聊书所睹。临涂草蹙,辞意不周。

北山移文

孔稚珪

　　钟山之英,草堂之灵。驰烟驿路,移勒山庭。夫以耿介拔俗之标,潇洒出尘之想,度白雪以方,干青云而直上吾方知之矣。若其亭亭物表,皎皎霞外,芥千金而不盼,屣万乘其如脱闻凤吹于洛浦,值薪歌于延濑,固亦有焉。岂期终始参差,苍黄翻覆,泪翟子之悲,恸朱公之哭,乍回迹以心染,或先贞而后黩,何其谬哉!呜呼尚生不存,仲氏既往,山阿寂寥,千载谁赏?世有周子,俊俗之士;既文既博,亦玄亦史。然而学遁东鲁,习隐南郭;偶吹草堂,滥巾北丘。诱我松桂,欺我云壑。虽假容于江皋,乃缨情于好爵。其始至也,将欲排巢父,拉许由,傲百氏,蔑王侯,风情张日,霜气横秋。或叹幽人长往,或怨王孙不游。谈空空于释部,核玄玄于道流。务光何足比,涓子不能俦。及其鸣驺入谷,鹤书赴陇;形驰魄散,志变神动。尔乃眉轩席次,袂耸筵上,焚芰制而裂荷衣,抗尘容而走俗状。风云凄其带愤,石泉咽而下怆,望林峦而有失,顾草木而如丧。至其纽金章,绾墨绶,跨属城之雄,冠百里之首,张英风于海甸,驰妙誉于浙右。道帙长殡,法筵久埋。敲扑喧嚣犯其虑,牒诉倥偬装其怀。琴歌既断,酒赋无续。常绸缪于结课,每纷纶于折狱。笼张赵于往图,架卓鲁于前。希踪三辅豪,驰声九州牧。使我高霞孤映,明月独举,青松落阴,白云谁侣?涧石摧绝无与归石径荒凉徒延伫。至于还飙入幕,写雾出楹,蕙帐空兮夜鹄怨,山人去兮晓猿惊。昔闻投簪逸海岸,今见解兰缚尘缨。于是南岳献嘲,北陇腾笑列壑争讥,攒峰竦诮。慨游子之我欺,悲无人以赴吊。故其林惭无尽,涧惭不歇,秋桂遗风,春萝罢月,骋西山之逸议,驰东皋之素谒。今又促装下邑,浪拽上京。虽情投于魏阙,或假步于山扃。岂可使芳杜厚颜,薜荔无耻,碧岭再辱,丹崖重滓,尘游躅于蕙路,污绿池以洗耳宜扃岫幌，掩云关，敛轻雾，藏鸣湍，截来辕于谷口，杜妄辔于郊端。于是丛条瞋胆，叠颖怒魄，或飞柯以折轮，乍低枝而扫迹。请回俗士驾，为君谢逋客。

与陈伯之书

丘 迟

迟顿首。陈将军足下：无恙，幸甚，幸甚。将军勇冠三军，才为世出，弃燕雀之小志，慕鸿鹄以高翔，昔因机变化，遭遇明主，立功立事，开国称孤，朱轮华毂，拥旄万里，何其壮也！如何一旦为奔亡之虏，闻鸣镝而股战，对穹庐以屈膝，又何劣邪！寻君去就之际，非有他故，直以不能内审诸己，外受流言，沈迷猖獗，以至于此。圣朝赦罪责功，弃瑕录用，推赤心于天下，安反侧于万物，将军之所知，不假仆一二谈也。朱鲔涉血于友于，张绣刃于爱子汉主不以为疑，魏君待之若旧。况将军无昔人之罪，而勋重于当世。夫迷涂知反，往哲是与；不远而复，先典攸高，主上屈法申恩，吞舟是漏；将军松柏不翦，亲戚安居；高台未倾，爱妾尚在，悠悠尔心，亦何可言！今功臣名将，雁行有序。佩紫怀黄，赞帷幄之谋，乘轺建节，奉疆埸之任。并刑马作誓，传之子孙。将军独面见颜借命，驱驰毡裘之长，宁不哀哉！夫以慕容超之强，身送东市；姚泓之盛，面缚西都。故知霜露所均不育异类；姬汉旧邦，无取杂种。北虏僭盗中原，多历年所，恶积祸盈，理至燋烂。况伪孽昏狡，自相夷戮，部落携离，酋豪猜贰。方当系颈蛮邸，悬首藁街。而将军鱼游于沸鼎之中，燕巢于飞幕之上，不亦惑乎！暮春三月，江南草长，杂花生树，群莺乱飞。见故国之旗鼓，感平生之畴日，抚弦登陴，岂不怆悢！所以廉公之思赵将，吴子之泣西河，人之情也。将军独无情哉？想早励良规，自求多福。当今皇帝盛明，天下安乐。白环西献，矢东来。夜郎、滇池，解辫清职，朝鲜、昌海，蹶角受化。惟北狄野心，倔强沙塞之间，欲延岁月之命耳！中军临川殿下，明德茂亲，揔兹戎重，吊民洛，伐罪秦中。若遂不改，方思仆言。聊布往怀，君其详之，丘迟顿首。

中国古典名著精华

与朱元思书

吴　均

　　风烟俱净,天山共色,从流飘荡,任意东西。自富阳至桐庐,一百许里,奇山异水,天下独绝。水皆缥碧,千丈见底;游鱼细石,直视无碍。急湍甚箭,猛浪若奔。夹岸高山,皆生寒树,负势竞上,互相轩邈;争高直指,千百成峰。泉水激石,泠泠作响;好鸟相鸣,嘤嘤成韵。蝉则千转不穷,猿则百叫无绝。鸢飞唳天者,望峰息心;经纶世务者,窥谷忘返。横柯上蔽,在昼犹昏;疏条交映,有时见日。

序 志

刘　勰

夫"文心"者，言为文之用心也。昔涓子《琴心》，王孙《巧心》，"心"哉美矣，故用之焉。古来文章，以雕缛成体，岂取驺奭之群言"雕龙"也？夫宇宙绵邈，黎献纷杂，拔萃出类，智术而已。岁月飘忽，性灵不居腾声飞实，制作而已。夫有肖貌天地，禀性五才，拟耳目于日月，方声气乎风雷，其超出万物，亦以灵矣。形同草木之脆，名逾金石之坚；是以君子处世，树德建言，岂好辩哉？不得已也。予生七龄，乃梦彩云若锦，则攀而采之。齿在逾立，则尝夜梦执丹漆之礼器，随仲尼而南行；旦而寤，乃怡然而喜。大哉，圣人之难见也！乃小子之垂梦欤！自生人以来，未有如夫子者也。敷赞圣旨，莫若注经；而马郑诸儒，弘之以精；就有深解，未足立家。唯文章之用，实经典枝条；五礼资之以成，六典因之致用；君臣所以炳焕，军国所以昭明；详其本源，莫非经典，而去圣久远，文体解散，辞人爱奇，言贵浮诡，饰羽尚画，文绣，离本弥甚，将遂讹滥。盖《周书》论辞，贵乎体要；尼父陈训，恶乎异端，辞训之异，宜体于要，于是搦笔和墨，乃始论文。详观近代之论文者多矣。至于魏文述《典》，陈思序《书》，应《文论》，陆机《文赋》，仲洽《流别》，宏范《翰林》，各照隙，鲜观衢路；或臧否当时之才，或铨品前修之文，或泛举雅俗之旨，或撮题篇章之意，魏《典》密而不周，陈《书》辩而不当，应《论》华而疏略，陆《赋》巧而碎乱《流别》精而少巧，《翰林》浅而寡要；又君山，公干之徒，吉甫、士龙之辈泛议文意，往往间出：未能振叶以寻根，观澜而索源；不述先哲之诰，无益后生之虑。盖《文心》之作也，本乎道，师乎圣，体乎经，酌乎纬，变乎骚，文之枢纽，亦云极矣。若乃论文叙笔，则囿别区分，原始以表末，释名以章义，选文以定篇，敷理以举统：上篇以上，纲领明矣。至于割情析采，笼圈条贯摛神性,图风势,苞会通,阅声字,崇替于时序,褒贬于才略,怊怅于知音,耿介于程器,长怀序志,以驭群篇;下篇以下,毛目显矣。位理定名彰乎大易之数,其为文用,四十九篇而已。夫铨序一文为易,弥纶群言为难。虽复轻采毛发,深极骨髓,或有曲意密源,似近而远,辞所不载,亦不胜数矣。及其品列成文,有同乎旧谈者,非雷同也,势自不可异也;有异乎前论者,非苟异也,理自不可同也同之与异,不屑古今,擘肌分理,唯务折衷。按辔文雅之场,环络藻绘之府,亦几乎备矣。但言不尽意,圣人所难,识在瓶管,何能矩?茫茫往代,既沉于闻;眇眇来世,倘尘彼观也。赞曰:生也有涯,无涯惟智。逐物实难,凭性良易。傲岸泉石,咀嚼文义。文果载心,余心有寄。

《诗品》序

钟　嵘

　　气之动物,物之感人,故摇荡性情,形诸舞咏。照烛三才,丽万有,灵祇待之以致飨,幽微藉之以昭告,动天地,感鬼神,莫近于诗。昔《南风》之辞,《卿云》之颂,厥义夐矣。《夏歌》曰:"郁陶乎予心。"楚谣曰:"名余曰正则。"虽诗体未全,然是五言诗之滥觞也。逮汉李陵始著五言之目矣。古诗眇邈,人世难详,推其文体,固是炎汉之制,百衰周之倡也。自王、扬、枚、马之徒,辞赋竞爽,而吟咏靡闻。从李都尉迄班婕妤,将百年间,有妇人焉,一人而已。诗人之风,顿已缺丧。东京二百载中,惟有班固《咏史》,质木无文。降及建安,曹公父子,笃好斯文;平原兄弟,郁为文栋。刘桢、王粲为其羽翼。次有攀龙托凤,自至于属车者,盖将百计。彬彬之盛,大备于时矣。尔后陵迟衰微,迄于有晋。太康中,三张、二陆、两潘、一左,勃尔复兴,踵武前王,风流未沫,亦文章之中兴也。永嘉时,贵黄老,稍尚虚谈。于时篇什,理过其辞,淡乎寡味。爰及江表,微波尚传。孙绰、许询、桓、庾诸公诗,皆平典似《道德论》,建安风力尽矣。先是郭景纯用隽上之才,变创其体;刘越石仗清刚之气,赞成厥美。然彼众我寡,未能动俗。逮义熙中,谢益寿斐然继作。元嘉中,有谢灵运,才高词盛,富艳难踪,固已含跨齐、郭,陵轹潘、左。故知陈思为建安之杰,公干、仲宣为辅;陆机为太康之英,安仁、景阳为辅;谢客为元嘉之雄,颜延年为辅。斯皆五言之冠冕,文词之命世也。夫四言文约意广,取效《风》《骚》,便可多得。每苦文繁而意少,故世罕习焉。五言居文词之要,是众作之有滋味者也,故云会于流俗。岂不以指事造形,穷情写物,最为详切者耶? 故诗有三义焉:一曰兴,二曰比,三曰赋。文已尽而意有余,兴也;因物喻志,比也;直书其志,寓言写物,赋也。宏斯三义,酌而用之,干之以风力，润之以丹采，使味之者无极，闻之者动心，是诗之至也。若专用比兴，患在意深，意深则词踬。若但用赋体，患在意浮，意浮则文散。嬉成流移，文无止泊，有芜蔓之累矣。若乃春风春鸟，秋月秋蝉，夏云暑雨，冬月祁寒，斯四候之感诸诗者也。嘉会寄诗以亲，离群托诗以怨。至于楚臣去境，汉妾辞宫；或横骨朔野，或魂逐飞蓬；或负戈外戍，杀气边雄；塞客衣单，孀闺泪尽；或士有解佩出朝，一去忘返；女有扬娥入宠，再盼倾国。凡斯种种，感荡心灵，非陈诗何以展其义，非长歌何以骋其情。故曰："诗可以群，可以怨。"使穷贱易安，幽居靡闷，莫尚于诗矣。故词人作者罔不爱好。今之世俗，斯风炽矣。才能胜衣，甫就小学，必甘心而驰骛焉。于是庸音杂体，人各为容，至使膏腴子弟，耻文不逮。终朝点缀，分夜呻吟。独观谓为警策，众睹终沦平钝。次有轻薄之徒，笑曹、刘为古拙，谓鲍照羲皇上人，谢朓今古独步而师鲍照，终不及"日中市朝满。"学谢朓，劣得"黄鸟度青枝。"徒自弃于高听，无涉于文流矣。观王公缙绅之士，每博论之余，何尝不以诗为口实，随其嗜欲，商榷不同。淄渑并泛，朱紫相夺，喧议竞起，准的无依。近彭城刘士章，俊赏之士，疾其淆乱，欲为当世诗品，口陈标榜，其文未遂，感而作焉。昔九品论人，《七略》裁士，校以宾实，诚多未值。至若诗之为技，较尔可知。以类推之，殆均博弈。方今皇帝，资生知之上才，体沈郁之幽思，文丽日月，赏究天人。昔在贵游，已为称首。况八既奄，风靡云蒸，抱玉者联肩，握珠者踵武。以瞰汉魏而不顾，吞晋宋于胸中。谅非农歌辕议，取致流别。嵘之今录，庶周旋于闾里，均之于谈笑耳。一品之中，略以世代为先后，不以优劣为诠次。又其人既往，其文克定。今所寓言，不录存者。夫属辞比事，乃为通谈。若乃经国文符，应资博古；撰德驳奏，宜穷往烈。至乎吟咏情性，亦何贵于用事？"思君如流水，"既是即目，"高台多悲风"，亦惟所见；"清晨登陇首，"羌无故实；"明月照积雪，"讵出经史。观古今胜语，多非补假，皆由直寻。颜延、谢庄，尤为繁密，于时化之。故大明、泰始中，文章殆同书抄。近任、王元长等词不贵奇，竞须新事。迩来作者，浸以成俗。遂乃句无虚语，语无虚字,拘挛补衲,蠹文已甚。但自然英旨,罕直其人。词既失高,则宜加事义。虽谢天才,且表学问,亦一理乎! 陆机《文赋》,通而无贬;李充《翰林》,疏而不切;王微《鸿宝》,密而无裁;颜延论文,精而难晓;挚虞《文志》,详而博赡,颇曰知言。观斯数家,皆就谈文体,而不显优劣。至于谢客集诗,逢诗辄取;张日龙《文士》,逢文即书。诸英志录,并义在文,曾无品第。嵘今所录,止乎五言。虽然,网罗古今,词文殆集。轻欲辨彰清浊,掎摭病利。凡百二十人,预此宗流者便称才子。至斯三品升降,差非定制,方申变裁,请寄知者耳。昔曹、刘殆文章之圣,陆、谢为体贰之才,锐精研思,千百年中而不闻宫商之辩,四声之论。或谓前达偶然不见,岂其然乎? 尝试言之;古曰诗颂,皆被之金竹。故非调五音,无以谐会。若"置酒高堂上""明月照高楼,"为韵之首。故三祖之词,文或不工,而韵入歌唱,此重音韵之义也与世之言宫商异矣。今既不被管弦,亦何取于声律耶? 齐有王元长者,尝谓余云:"宫商与二仪俱生,自古词人不知之,惟颜宪子乃云律吕音调而其实大谬。惟见范晔、谢庄颇识之耳。尝欲进《知音论》,未就。"王元长创其首,谢、沈约扬其波。三贤或贵公子孙,幼有文辩。于是士流景慕务为精密。襞积细微,专相陵架。故使文多拘忌,伤其真美。余谓文制本须讽读,不可蹇碍。但令清浊通流,口吻调利,斯为足矣。至平上去入则余病未能,蜂腰鹤膝,闾里已具。陈思《赠弟》,仲宣《七哀》,公干《思友》,阮籍《咏怀》,子卿"双凫"叔夜"双鸾",茂先寒夕,平叔衣单,安仁倦暑,景阳苦雨,灵运《邺中》,士衡《拟古》,越石感乱,景纯咏仙,王微风月,谢客山泉,叔源《离宴》,鲍照戍边,太冲《咏史》,颜延入洛,陶公《咏贫》之制,惠连《捣衣》之作。斯皆五言之警策者也。所以谓篇章之珠泽,文采之邓林。

《文选》序

萧　统

　　式观元始，眇觌玄风。冬穴夏巢之时，茹毛饮血之世，世质民淳，斯文未作。逮乎伏羲氏之王天下也，始画八卦，造书契，以代结绳之治，由是文籍生焉。《易》曰："观乎天文，以察时变；观乎人文，以化成天下。"文之时义远矣哉！若夫椎轮为大辂之始，大辂宁有椎轮之质增冰为积水所成，积水曾微增冰之凛。何哉？盖踵其事而增华，变其本而加厉。物既有之，文亦宜然，随时变改，难可详悉。尝试论之曰：《诗序》云："诗有六义焉，一曰风，二曰赋，三曰比，四曰兴，五曰雅，六曰颂。"至于今之作者，异乎古昔。古诗之体，今则全取赋名。荀、宋表之于前，贾、马继之于末。自兹以降，源流实繁。述邑居则有"凭虚""亡是"之作，戒畋游则有《长杨》《羽猎》之制。若其纪一事咏一物，风云草木之兴，鱼虫禽兽之流，推而广之，不可胜载矣。又楚人屈原，含忠履洁，君非从流，臣进逆耳，深思远虑，遂放湘南。耿介之意既伤，壹郁之怀靡诉。临渊有怀沙之志，吟泽有憔悴之容。骚人之文，自兹而作。诗者，盖志之所之也，情动于中而形于言。《关雎》《麟趾》，正始之道著；桑间、濮上，亡国之音表。故风雅之道，粲然可观。自炎汉中叶，厥途渐异。退傅有《在寝》之作；降将著"河梁"之篇，四言五言，区以别矣又少则三字，多则九言，各体互兴，分镳并驱。颂者，所以游扬德业，褒赞成功。吉甫有"穆若"之谈，季子有"至矣"之叹。舒布为诗，即言如彼；总成为颂，又亦若此。次则箴兴于补阙，戒出于弼匡，论则析理精微，铭则序事清润，美终则诔发，图像则赞兴。又诏诰教令之流，表奏片戈记之列书誓符檄之品，吊祭悲哀之作，答客指事之制，三言八字之文，篇辞引序、碑碣志状，众制锋起，源流间出。譬陶匏异器,并为入耳之娱;黼黻不同,俱为悦目之玩。作者之致,盖云备矣。余监抚余闲,居多暇日,历观文囿,泛览辞林,未尝不心游目想,称暑忘倦。自姬汉以来,眇焉悠邈,时更七代,数逾千祀。词人才子,则名溢于缥囊;飞文染翰,则卷盈乎缃帙。自非略其芜秽,集其清英,盖欲兼功大半难矣。若夫姬公之籍,孔父之书,与日月具悬,鬼神争奥,教敬之准式,人伦之师友,岂可重以芟夷,加以剪裁?老庄之作,管孟之流,盖以立意为宗,不以能文为本,今之所撰,又以略诸。若贤人之美辞,忠臣之抗直,谋夫之话,辨士之端,冰释泉涌,金相玉振。所谓坐狙丘,议稷下,仲连之却秦军,食其之下齐国,留侯之发八难,曲逆之吐六奇,盖乃事美时,语流千载,概见坟籍,旁出子史。若斯之流,又亦繁博,虽传之简牍而事异篇章,今之所集,亦所不取。至于记事之史,系年之书,所以褒贬是非,纪别异同,方之篇翰,亦已不同。若其赞论之综辑辞采,序述之错比文华,事出于沈思,义归乎翰藻,故与夫篇什,杂而集之。远自周室,迄于圣代,都为三十卷,名曰《文选》云尔。凡次文之体,各以汇聚。诗赋体既不一,又以类分,类分之中,各以时代相次。

江水·三峡

郦道元

　　江水又东,经广溪峡,斯乃三峡之首也。峡中有瞿,黄龛二滩,其峡盖自昔禹凿以通江,郭景纯所谓"巴东之峡,夏后疏凿"者也。江水又东,经巫峡,杜宇所凿以通江水也。江水历峡,东经新崩滩其间道尾百六十里,谓之巫峡,盖因山为名也。自三峡七百里中,两岸连山,略无阙处。重岩叠嶂,隐天蔽日,自非亭午夜分,不见曦月。至于夏水襄陵,沿阻绝。或王命急宣,有时朝发白帝,暮到江陵其间千二百里,虽乘奔御风,不以疾也。春冬之时,则素湍绿潭,回清倒影,绝𪩘多生怪柏,悬泉瀑布,飞漱其间,清荣峻茂,良多趣味。每到晴初霜旦,林寒涧肃,常有高猿长啸,属引凄异,空谷传响,哀转久绝,故渔者歌曰:"巴东三峡巫峡长,猿鸣三声泪沾裳。"江水又东,迳狼尾滩而历人滩。袁山松曰:"二滩相去二里。人滩水至峻峭,南岸有青石,夏没冬出。其石,数十步中悉作人面形,或大或小,其分明者须发皆具,因名曰:'人滩'也。"江水又东,迳黄牛山下,有滩名曰黄牛滩。南岸重岭叠起,最外高崖间有石,色如人负刀牵牛,人黑牛黄,成就分明。既人迹所绝,莫得究焉此岩既高,加以江湍纡回,虽途迳信宿,犹望见此物。故行都谣曰:"朝发黄牛,暮宿黄牛,三朝三暮,黄牛如故。"言水路纡深,回望如一矣。江水又东,迳西陵峡。《宜都记》曰:"自黄牛滩东入西陵界至峡口百许里,山水纡曲,而两岸高山重障,非日中夜半,不见日月。绝壁或千许丈,其石彩色形容,多所象类。林木高茂,略尽冬春。猿鸣至清,山谷传响,泠泠不绝。所谓三峡,此其一也。"山松言:"常闻峡中水疾,书记及口传悉以临惧相戒,曾无称有山水之美也。"及余来践跻此境,既至欣然始信耳闻之不如亲见矣。其叠秀峰,奇构异彩,固难以辞叙。林木萧森,离离,乃在霞气之表。仰嘱俯映,弥习弥佳,流连信宿,不觉忘返。目所履历,未尝有也。既自欣得此奇观,山水有灵,亦当警知已于千古矣。

法云寺

杨炫之

法云寺,西域乌场国胡沙门昙摩罗所立也,在宝光寺西隔墙并门。摩罗聪慧利根,学穷释氏,至中国,即晓魏言及隶书,凡所闻见,无不通解,是以道俗贵贱,同归仰之。作祇洹一所,工制甚精。佛殿僧房,皆为胡饰,丹素炫彩,金玉垂辉摹写真容,似丈六之见鹿苑;神光壮丽,若金刚之在双林。伽蓝之内,花果蔚茂,芳草蔓合,嘉木被庭。京师沙门好胡法者,皆就摩罗受戒之。戒行真苦,难可揄扬。秘神验,阎浮所无。枯树能生枝叶,人变为驴马,见之莫不忻怖。西域所赍舍利骨及佛牙、经象皆在此寺。寺北有侍中尚书令临淮王或宅。或博通典籍,辩慧清悟,风仪详审容止可观。至三元肇庆,万国齐臻,金蝉曜首,宝玉鸣腰,负荷执笏,逶迤负道,观者忘疲,莫不叹服。或性爱林泉,又重宾客。至于春风扇扬,花树如锦,晨食南馆,夜游后园,僚采成群,俊民满席。丝桐发响,羽觞流行,诗赋并陈,清言乍起,莫不领其玄奥,忘其褊吝也。是以入室者,谓登仙也。荆州秀才张斐常为五言,有清枝之句云"异林花共色,别树鸟同声。"以蛟龙锦赐之。亦有得绯细绯绫者。唯河东裴子明为诗不工,罚酒一石。子明饮八斗而醉眼,时人譬之山涛。及尔朱兆入京师,为乱兵所害,朝野痛惜焉。

出西阳门外四里,御道南有洛阳大市,周回八里,市南有皇女台,汉大将军梁冀所造,犹高五丈余。景明中,比丘道恒立灵仙寺于其上。台西有河阳县,台中有侍中侯刚宅。市西北有土山鱼池,亦冀之所造。即《汉书》所谓:"采土筑山,十里九坂,以象二崤"者。市东有通商、达货二里。里内之人,尽皆工巧,屠贩为生,资财巨万有刘宝者,最为富室。州郡都会之处,皆立一宅,各养马十匹,至于盐粟贵贱,市价高下,所在一例。舟车所通,足迹所履,莫不商贩焉。是以海内之货,咸萃其庭,产匹铜山,家藏金穴。宅于逾制,楼观出云,车马服饰拟于王者。市南有调音、乐律二里。里内之人,丝竹讴歌,天下妙伎出焉。有田僧超者,善吹笳,能为《壮士歌》《项羽吟》,征西将军崔延伯甚爱之。正光末,高平失据,虎吏充斥,贼帅万俟丑奴寇暴泾之间,朝廷为之盱食,诏延伯总步骑五万讨之。延伯出师于洛阳城西张方桥,即汉之夕阳亭也。时公卿祖道,车骑成列。延伯危冠长剑,耀武于前,僧超吹《壮士》笛曲于后,闻之者懦夫成勇,剑客思奋。延伯胆略不群,威名早著,为国展力二十余年。攻无全城,战无横阵,是以朝廷倾心送之。延伯每临阵常令僧超为《壮士》声,甲胄之士莫不踊跃。延伯单马入阵,旁若无人,勇冠三军,威镇戎竖。二年之间,献捷相继。丑奴募善射者射僧超亡,延伯悲惜哀恸,左右谓伯牙之失子期不能过也,后延伯为流矢所中,卒于军中,于是五万之师,一时溃散。市西有延酤、治觞二里,里内之人,多酝酒为业。河东人刘白堕善能酿酒,季夏六月,时暑赫晞,以罂贮酒,暴于日中,经一旬,其酒味不动饮之香美,醉而经月不醒。京师朝贵多出郡登藩,远相饷馈,逾于千里以其远至,号曰"鹤觞",亦名"骑驴酒"。永熙年中南青州刺史毛鸿宾赍酒之藩,路逢贼盗,饮之即醉,皆被擒获,因此复命"擒奸酒"。游侠语曰"不畏张弓拨刀,唯畏白堕春醪。"市北有慈孝、奉终二里,里内之人以卖棺木郭为业,凭车而车为事。有挽歌孙岩,娶妻三年,妻不脱衣而卧。岩因怪之,伺其睡,阴解其衣,有毛长三尺,似野狐尾。岩惧而出之。妻临去,将刀截岩发而走。邻人逐之变成一狐,追之不得。其后京邑被截发者,一百三十余人。初变为妇人衣服靓妆,行于道路,人见而悦近之,皆被截发。当时有妇人着彩衣者人皆指为狐魅。熙平二年四月有此,至秋乃止。别有阜财、舍肆二里,富人在焉。凡此十里,多诸工商货殖之民。千金比屋,层楼对出,重门启扇,阁道交通,迭相临望。金银锦绣,奴婢缇衣;五味八珍,仆隶毕口。神龟年中,以工商上僣,议不听金银锦乡,虽立此制,竟不施行。阜财里内有开善寺,京兆人韦英宅也。英早卒,其妻梁氏不治丧而嫁。更约河内人向子集为夫。虽云改嫁,仍居英宅。英闻梁氏嫁，白日来归，乘马将数人至于庭前，呼曰："阿梁，卿忘我也？"子集惊怖，张弓射之，应弦而倒，即变为桃人。所乘之马亦变为茅马，从者数人皆化为蒲人。梁氏惶惧，舍宅为寺。南阳人侯庆有铜象一躯，可高丈余。庆有牛一头，拟货为金色，遇事急，遂以牛他用之。经二年，庆妻预马氏忽梦此象谓之曰："卿夫妇负我金色，久而不偿！今取卿儿丑多以偿金色焉。"悟觉心不遑安，至晓，丑多得病而亡。庆年五十，唯有一子，悲哀之声，感于行路。丑多亡日，象自然金色，光照四邻。一里之内，咸闻香气，僧俗长幼皆来观睹。尚书右仆射无绩，闻里内颇有异怪，遂改阜财为齐谐里也。自退酤以西，张方沟以东，南临洛水，北达芒山，其间东西二里，南北十五里，并名为寿丘里，皇宗所居也。民间号为"五子坊"，当时四海晏清，八荒率职，缥囊纪庆，玉烛调辰，百姓殷阜，年登俗乐。鳏寡不闻犬豕之食，独不见牛马之衣。于是帝族王侯，外戚公主，擅山海之富，居山林之饶，争修园宅，互相夸竟。崇门丰室，洞户连房，飞馆生风，重楼起雾，高台芳榭，家家而筑，花林曲池，园园而有。莫不桃李夏绿，竹柏冬青。而河间王琛最为豪首，常与高阳争衡，造文柏堂，形如徽音殿。置玉井金罐，以金五色绩为绳。妓女三百人，尽皆国色。有婢朝云，善吹，能为《团扇歌》《陇上声》。琛为秦州刺史，诸羌外叛，屡讨之不降，琛令朝云假为贫姬，吹篪而乞。诸羌闻之，悉皆流涕，递相谓曰："何为弃坟井在山谷为寇也？"即相率归降。秦民语曰："快马健儿，不如老妪吹篪。"琛在秦州时，多无政绩，遣使向西域求名马，远至波斯国，得千里马，号曰"追风赤骥"。次有七百里者十余匹，皆有名字。以银为槽，金为锁环，诸王服其豪富。琛常语人云："晋室石崇乃是庶姓，犹能雉头狐腋，画卵雕薪，况我大魏天王，不为华侈？"造迎风馆于后园，户之上，列钱青琐玉凤衔铃，金龙吐佩，素奈朱李，条枝入，伎女楼上，坐而摘食。琛常会宗室，陈诸宝器，金瓶玉瓮百余口，瓯檠盘盏称是。自余酒器，有水晶钵玛瑙，琉璃碗，赤玉卮数十枚，作工奇妙，中土所无，皆从西域而来，又陈女乐及诸名马，复引诸王按行府库，锦珠玑，木罗雾，充积其内绣、缬、细、绫、丝、彩、越、葛、钱、绢等不可数计。琛忽谓章武王融曰："不恨我不见石崇，恨石崇不见我！"融立性贪暴，志欲无限，见之惋叹，不觉生疾，还家卧三日不起。江阳王继来省疾，谓曰："卿之财产，应得抗衡何为叹羡，以至于此？"融曰："常谓高阳一人宝货多于融，谁知河间，瞻之在前。"继笑曰："卿欲作袁术之在淮南，不知世间复有刘备也。"融乃蹶起，置酒作乐。于时国家殷富，库藏盈溢，钱绢露积于廊者，不可计数及太后赐百官负绢，任其自权取，朝臣莫不称力而去。唯融与陈留侯李崇负绢过任，蹶倒伤踝。太后即不与之，令其空出，时人笑焉。侍中崔光只取两匹，太后问："侍中何少？"对曰："臣有两手，唯堪两足，所获多矣。"朝贵服其清廉。经河阴之役，诸元歼尽，王侯第宅，多题为寺。寿丘里间，列刹相望，祇洹郁起，宝塔高凌。四月初八日，京师士女，多至河间寺。观其廊庑绮丽，无不叹息，以为蓬莱仙室，亦不是过。入其后园，见沟渎蹇产，石磴礁山尧，朱荷出池，绿萍浮水，飞梁跨阁，高树出云，咸皆啧啧，虽梁王苑，想之不如也。

玉台新咏序

徐 陵

　　凌云概日,由于之所未窥;万户千门,张衡之所曾赋周王璧台之上,汉帝金屋之中,玉树以珊瑚作枝,珠帘以玳瑁为柙。其中有丽人焉。其人也,五陵豪族,充选掖庭;四姓良家,驰名永巷。亦有颍川,新市,河间,观津,本号娇娥,曾名巧笑。楚王宫内,无不推其细腰;魏国佳人,俱言讶其纤手。阅《诗》敦《礼》,非直东邻之自媒;婉约风流,无异西施之被教。兄弟协律,自小学歌;少长河阳,由来能舞。琵琶新曲,无待石崇;箜篌杂引,非因曹植。传鼓瑟于杨家,得吹箫于秦女。至若宠闻长乐,陈后知而不平;画出天仙,阏氏览而遥妒。且如东邻巧笑,来侍寝于更衣;西子微矉,将横陈于甲帐。陪游马及娑,骋纤腰于结风;长乐鸳鸯奏新声于度曲。妆鸣蝉之薄鬓,照堕马之垂鬟。反插金钿,横舞宝树。南都石黛,最发双峨;北地燕脂,偏开两靥。亦有岑上仙童,分丸魏帝;腰中宝凤,授历轩辕。金星与婺女争华,麝月共嫦娥竞爽。惊鸾冶袖,时飘韩掾之香;飞燕长裾,宜结陈王之佩。虽非图画,入甘泉而不分;言异神仙戏阳台而无别。真可谓倾国倾城,无对无双者也。加以天晴开朗,逸思雕华,妙解文章,尤工诗赋。琉璃砚匣,终日随身;翡翠笔床,无时离手。清文满箧,非惟芍药之花;新制连篇,宁止蒲萄之树。九日登高,时有缘情之作;万年公主,非无诔德之辞。其佳丽也如彼,其才情也如此。既而椒房宛转,柏馆阴岑,绛鹤晨严,铜蠡昼静。三星未夕,不事怀衾;五日犹贝奈,谁能理曲?优游少托,寂寞多闲,厌长乐之钟,劳中宫之缓箭。轻身无力,怯南阳之捣衣,生长深宫,笑扶风之织锦虽复投壶玉女,为欢尽于百骁;争博齐姬,心赏穷于六箸。无怡神于暇景,惟属意于新诗。可得代彼萱草,微蠲愁疾。但往世名篇,当今巧制,分诸麟阁,散在鸿都。不藉篇章,无由披览。于是然脂暝写，弄墨晨书，撰录艳歌，凡为十卷。曾无参于雅颂，亦靡滥于风人；泾渭之间，若斯而已。于是丽以金箱，装之宝轴。三台妙迹，龙伸蠖屈之书；五色花笺，河北胶东之纸。高楼红粉，仍定鲁鱼之文；辟恶生香，聊防羽陵之蠹，灵飞六甲，高擅玉函；鸿烈仙方，长推丹枕。至如青牛帐里，余曲未终；朱鸟窗前，新妆已竟。方当开兹缥帙，散此绡绳，永对贝帛于书帷，长循环于纤手。岂如邓学《春秋》，儒者之功难习；窦传《黄》《老》，金丹之术不成。固胜西蜀豪家，托情穷于《鲁殿》；东储甲观，流咏止于《洞箫》。变彼诸姬，聊同弃日猗与彤管，丽矣香奁。

卷三 汉魏六朝文论选读

概 况

从东汉末年开始,儒学逐渐衰落,玄学应运而兴。所谓玄学,实际上主要是老庄道家思想的发展和流变,体现在文学理论批评上尤其是如此。因此可以说,魏晋南北朝时期的文学思想,是由道家思想占据主导地位。例如,这一时期的许多文论家都极力推崇自然清新之美,都倾心于探讨文学的内部规律,都注重研究文学的审美特征等等,这很明显是继承和发展了老庄道家的文艺观。

首先,文学创作主题的变化。

汉代由于受经学的影响,文学成为宣传儒家礼教的工具,文学创作的主题大都以政治教化和嘲刺讽谏为中心。到汉末魏初,逐渐转变为以写个人悲欢遭际为主了,着重抒发个人喜怒哀乐之情,描写个人的曲折经历,以及对动乱现实的深沉感慨。从表现社会政治主题到刻画个人内心世界,这是一个重大的变化。

其次,文学思想的变化。

创作上的这种变化,反映在文学思想上就是从"言志"到"缘情"的变化。"言志"的"志"在汉代虽然也包含着"吟咏情性"的因素,在理论上认识到文学创作是在抒情中言志的特点,但是,这种"情"只能是符合"礼义"之情,这种"志"也在儒家政教怀抱的范围。而魏晋南北朝的"缘情"说目的在于突破儒家"礼义"的束缚。自由地抒发自己的感情,不再囿于儒家政教怀抱的"志",而自由地表现自己的愿望与要求。

再次,对创作个性的强调。

与上述文学创作主题与文学思想变化相适应,这一时期在文学创作和文学理论批评中,特别重视要体现作家特殊的创作个性。从文学创作看,曹操的诗歌古直悲凉,曹丕的诗歌缠绵悱恻,曹植的诗歌慷慨大气。在儒家思想占统治地位的经学时代,人们的个性往往是受到压抑的。文学要为封建礼教服务,达到"经夫妇,成孝敬,厚人伦,美教化,移风俗"的目的,只能表现"天理"而不能描写"人欲"。这一时期文学创作中对创作个性的高度重视,正是当时社会思潮的反映。

第四,重视对文学创作本身特点和规律的研究。

鲁迅先生说当时是一个"为艺术而艺术"的时代。对文学的审美特征提出了更高的要求。

不过,就这一时期所留下来的一些主要文论著作看,也都不排斥儒家的文学思想,他们往往是在论说文学的外部规律时,认同儒家文论的路数;而在阐释文学的内部规律时,则主要是承袭道家文论的衣钵。诸如西晋陆机的《文赋》、南朝刘勰的《文心雕龙》、钟嵘的《诗品》等大都是这样。也就是说,魏晋南北朝时期的文学理论批评,总的特点基本上是儒道结合,外儒内道,而以道为主。

当然,这一时期的文论家们很有水平,他们并不是、也不屑于简单地抄袭或沿用前代儒、道两家的文论资料,而是在前人基础上做出了许多深刻的精辟的阐发,从而形成了自家的理论特色,甚至构建起了自己完整的文学理论体系。他们对文学的许多问题都作了非常深入的思考,例如关于文学的根本性质问题,关于文学的审美特征问题,文学创作的内在规律问题,作品的艺术风格问题,文学的体裁种类问题等等。他们在阐述自己的文学理论时,提出了一系列重要的文学理论概念、范畴和命题,诸如"文气"说、"缘情绮靡"说、"神思""意象""体性""风骨""通变""定势""隐秀""物色""知音""直寻""滋味""声律"等等。

曹丕的《典论·论文》

曹丕(187—226 年)是汉魏时期著名的诗人,同时也是一位重要的文学理论批评家。他撰写的文论著作留传于世的有两篇,一篇是《与吴质书》,另一篇就是《典论·论文》。《典论》是曹丕精心撰写的一部学术著作,一共二十篇,《论文》是其中之一。后来《典论》一书失传,《论文》这一篇幸亏被选入南朝时期的《昭明文选》而得以保存下来。这是一篇非常重要的文论著作,在中国文学理论批评史上具有划时代的意义,因为在它之前还没有精心撰写的严格意义上的文学理论专著,它是第一篇,是中国古代文论开始步入自觉期的一个标志。

一、白话

文人互相轻视,自古以来就是如此。傅毅和班固两人文才相当,不分高下,然而班固轻视傅毅,他在写给弟弟班超的信中说:"傅武仲因为能写文章当了兰台令史的官职,下笔千言,不知所止。"大凡人总是善于看到自己的优点,然而文章不是只有一种体裁,很少有人各种体裁都擅长的,因此各人总是以自己所擅长的轻视别人所不擅长的,乡里俗话说:"家中有一把破扫帚,也会看它价值千金。"这是看不清自己的毛病啊。

当今的文人,只有鲁人孔融孔文举、广陵人陈琳陈孔璋、山阳人王粲王仲宣、北海人徐干徐伟长、陈留人阮瑀阮文瑜、汝南人应玚应德琏、东平人刘桢刘公干等七人。这"七子",于学问可以说是兼收并蓄,没有什么遗漏的。于文辞没有借用别人的,在文坛上都各自像骐骥千里奔驰,并驾齐驱,要叫他们互相钦服,也实在是困难了。我审察自己之才,以为有能力以衡量别人,所以能够免于文人相轻这种拖累,而写作这篇论文。王粲擅长于辞赋,徐干文章不时有齐人的(舒缓)习气,然而也是与王粲相匹敌的。如王粲的《初征赋》《登楼赋》《槐赋》《征思赋》,徐干的《玄猿赋》《漏卮赋》《圆扇赋》《橘赋》,虽是张衡、蔡邕也是超不过的。然而其他的文章,却不能与此相称。陈琳和阮瑀的章、表、书、记(几种体裁的文章)是当今特出的。应玚文章平和但气势不够雄壮,刘桢文章气势雄壮但文理不够细密。孔融风韵气度高雅超俗,有过人之处,然而不善立论,词采胜过说理,甚至于夹杂着玩笑戏弄之辞。至于说他所擅长的体裁,是可以归入扬雄、班固一流的。一般人看重古人,轻视今人,崇尚名声,不重实际,又有看不清自己的弊病,总以为自己贤能。

大凡文章用文辞表达内容的本质是共同的,而具体体裁和形式的末节又是不同的,所以奏章、驳议适宜文雅,书信、论说适宜说理,铭文、诔文崇尚事实,诗歌、赋体应该华美。这四种科目文体不同,所以能文之士常常有所偏好;只有全才之人才能擅长各种体裁的文章。文章是以"气"为主导的,气又有清气和浊气两种,不是可以出力气就能获得的。用音乐来做比喻,音乐的曲调节奏有同一的衡量标准,但是运气行声不会一样整齐,平时的技巧也有优劣之差,虽是父亲和兄长,也不能传授给儿子和弟弟。

文章是关系到治理国家的伟大功业,是可以留传后世而不朽的盛大事业。人的年龄寿命有时间的限制,荣誉欢乐也只能终于一身,二者都终止于一定的期限,不能像文章那样永久留传,没有穷期。因此,古代的作者,投身于写作,把自己的思想意见表现在文章书籍中,就不必借史家的言辞,也不必托高官的权势,而声名自然能留传后世。所以周文王被囚禁,而推演出了《周易》,周公旦显达而制作了《礼》,文王不因困厄而不做事业,周公不因显达而更改志向。所以古人看轻一尺的碧玉而看重一寸的光阴,这是惧怕时间已经流逝过去罢了。多数人都不愿努力,贫穷的则害怕饥寒之迫,富贵的则沉湎于安逸之乐,于是只知经营眼前的事务,而放弃能留传千载的功业,太阳和月亮在天上流转移动,而人的身体状貌在地下日日衰老,忽然间就与万物一样变迁老死,这是有志之士痛心疾首的事啊!

孔融等人已经去世了,只有徐干著有《中论》,成为一家之言。

二、重要文论观点

《典论·论文》中正式提出或者触及了不少新鲜的重要的文论课题,要掌握的主要有:

文章"不朽"说:这是曹丕关于文章价值的观点,曹丕对文章的价值给予了前所未有的崇高评价。认为文章是"经国之大业,不朽之盛事",甚至比立德、立功有更重要的地位,这种文章价值观是他对传统的文章是"立德、立功"之次思想的重大突破,是文学自觉的一种表现,对文学创作和文学理论批评发展有重大意义和影响。但可惜的是,在《典论·论文》里,他并未对这一观点加以详细的展开论述。不过,仅仅是提出这一口号,他在文论史上已经是功不可没了。

值得注意的是,曹丕如此高度地推崇文章作品的意义,无论其主观动机如何,在客观上是非常有利于文学事业的发展的。曹丕所处的汉末建安时期是中国文学史、特别是诗歌发展史上第一个黄金时代,其原因固然非止一端,但是作为统治集团的曹氏父子的重视、鼓吹和积极参与,应该说是一个很重要的因素。

当时以他们父子为核心,周围团结了一大批诗文作家,形成了所谓的"邺下文人集团",曹丕在这篇《典论·论文》中所评论的"建安七子"(孔融、陈琳、王粲、徐干、阮瑀、应玚、刘桢),除了孔融之外,都属于这个集团。

文体说:在《典论·论文》里,曹丕还第一次正式提出了文体分类及其各自特点的思想。在分析作家才能个性各有所偏的同时,曹丕提出四科八体说的文体论:"奏议宜雅,书论宜理,铭诔尚实,诗赋欲丽。"

"本"指文章的本质,即用语言文字来表现一定的思想感情;"末"指文章的具体表现形态,即文章在内容和形式方面的特点。

他提出文体共有"四科"八种体裁的文章。并且认为文体各有不同,风格也随之各异。这当是最早提出的比较细致的文体论,也是最早的文体不同而风格亦异的文体风格论。标志着文体分类及特征的研究发展到了一个新阶段。特别是"诗赋欲丽",说明他已看到文学作为艺术的美学特征,对抒情文学的发展,有着特别深远的影响。

曹丕的《典论·论文》表明,魏晋时代文学已经逐步走向自觉的时代。

"文气"说:《典论·论文》提出了"文以气为主"的著名论断,他说:"文以气为主,气之清浊有体,不可力强而致。譬如音乐,曲度虽均,节奏同检,至于引气不齐,巧拙有素,虽在父兄,不能以移子弟。"这就是文论史上著名的"文气"说。

可以看出,这里的"气",是由作家的不同个性所形成的,指的是作家在禀性、气度、感情等方面的特点所构成的一种特殊精神状态在文章中的体现。"文以气为主"就是强调作品应当体现作家的特殊个性。要求文章必须有鲜明的创作个性,而这种个性只能为作家个人所独有,"虽在父兄,不能以移子弟。"这就说明了文章风格的多样性的原因。

后世许多文论家、诗论家常以气论诗、论文,当或多或少是受到了曹丕"文以气为主"说的影响。

对文学批评的态度提出了有价值的意见。主张客观与实事求是的批评风尚。

陆机的《文赋》

陆机(261—303 年)是西晋时期的著名文学家,才华横溢,诗、赋、文等创作都为时人所重。他给我们留下的文论著作主要是《文赋》,这是中国文学理论史上第一篇正式的完整的文学创作论,是中国文学理论批评史上的一篇名作。在这篇《文赋》的正文之前,陆机写了一个序言,其中说:

余每观才士之所作,窃有以得其用心。夫其放言遣辞,良多变矣。妍蚩好恶,可得而言;每自属文,尤见其情。恒患意不称物,文不逮意。盖非知之难,能之难也。

这就明确地告诉读者,他写作此文的目的,就在于探讨文章作品的创作"用心",一是"意称物"——如何使创作中作家的主体情意和创作客体的物象彼此相称而融合;二是"文逮意"——如何巧妙地运用语言文字把心中孕育出来的具体生动的文意及时地把握住并且准确地表现出来。围绕着这样两个问题,陆机具体剖析了文学创作的详细过程,总结出了多方面的艺术创作理论。

一、译文

优秀作家的作品,在创作上有着独具的用心和意图。尽管各人的遣词造句千变万化,但文章的美丑好坏还是可以评论的。写作之人担心构思时的意念不能确切地反映事物,而写出来的文章又不能准确地表达构思时的意念,这并非不懂写作的道理,而是掌握表达技巧的困难。所以,以这篇《文赋》来叙述前代优秀作家的作品用心所在,并讨论写作时的利害得失原因,将来也许可以深切而详尽地掌握写作的奥妙。至于写作的准则规范,虽有前人的经验可以效法,但落笔写作的灵活变化,实在难以表达。

作者须置身于宇宙之中,广泛地观察事物,并吸收前人名著的精华来颐养自己。循着四季的推移而感叹光阴易逝,看到万物的变化便引起文思。秋风萧瑟,木叶枯落,就感到悲伤;阳春将至,嫩枝萌发,就觉得喜悦。心怀纯洁,像凛冽的严霜;志趣高尚,像天上的彩云。赞美世代有美德的人;歌颂先贤的丰功伟绩。博览库藏的古今书籍;赞赏情文并茂的佳作。有了深刻的感受,合上书本,拿起笔来,试着把自己的内心感受写成文章。

文章开始构思的时候,要集中心思,专心致志,深思熟虑,旁求博采,让想象张开翅膀,在广阔的天空翱翔。当文思到来时,思绪由朦胧而渐趋明朗。事物也因思绪明朗而越来越纷纷地进入脑海。用尽诸子百家的言语精华,吮吸六艺中最芳润的文辞,让想象飞到天河里安然浮游,也可以潜入到渊泉里去浸润。当构思成熟要用文辞把它表达出来的时候,有时会感到吐辞艰涩,像把上钩的鱼从深渊里拉出来,慢吞吞的老不出水。有时又很容易,美词隽语接踵而来,像高飞的鸟中箭从云端里坠落下来。要广收历代遗留下来的散文,博采千百年留下的韵文。前人使用过的辞意象晚上才绽开的花蕾,要让它盛开,艺术想象,片刻之间,可纵观古今,也可以历览四境。

构思成熟后,要按部就班第谋篇布局,遣词造句。要尽量掌握描写对象的形象和声音。写法上,可以"因枝振叶",由本及末;也可以"沿波讨源"由表及里地叙述。或者从隐晦深奥之处入手,逐步阐述;或者由浅显之处入手,层层深入。有了形象非构思,有时像虎吼兽奔,有时像龙舞鸟飞。文章遣词,有时随手拈来,选择适当;有时较为困难,推敲再三还是扞格不合。静下心来思考,将各种思绪概括地组织成文,把宇宙的一切囊括在形象之内,收取万物表现在笔端。开始写作前,徘徊不前,吐辞艰涩。酝酿成熟之后,文思顺利地从笔端流出。文章之意就像树木的主干,能使树木直立起来;文辞就像枝条和果实,附于主干之上。真正达到内情和外貌相应,内容便会在形式中表现出来。心里高兴就会露出笑容,遇到哀伤就会叹息。有时提起笔来一挥而就,有时含着笔尖却苦思不得。

　　写文章是快乐的事,一向为圣贤们所推重。它遵循从无到有的规律,在无声无形的构思中寻求语言、音韵、形象,然后把广阔的思想、丰富的感情写在绫绢上。言辞生发开来则具有广阔的表现力,思考愈深其内容也会更加深刻。文采之美,像花香远播;辞藻之盛,如青枝秀发。写作时得心应手,文采鲜明美丽,犹如风驰飙立;文意浓郁,就像文坛上升起了云彩。

　　文体有千差万别,作家观察事物又有各自的标准,所以不易将物像的千变万态描写出来。文意像造房的图样,文辞像各类工人的技艺,匠师只有掌握了图样,才能取舍由意。文辞的丰富和贫乏在于能否勤勉努力地去寻求。文意的深浅须有定见,自作主张,即使越出了写作规范,只要能够穷形尽相。作家的才华和个性不同,作品风格也不同。所以善于夸张描绘的作家,崇尚浮艳;长于透彻说理的作家,注意严密。文辞局促简明的作家,文章格局狭隘;论述朗畅的作家,文章气势通达。诗是抒发感情的。文辞要绮丽华美。赋是铺陈事物的,要明白流畅。碑文是记叙功德的,立言要与人相称。诔文是哀悼死者的,言辞要缠绵悲怆。铭文是规诫褒赞的,要辞简意赅而温和柔顺。箴文是讽刺得失的,辞意要抑扬顿挫,文清理壮。颂赞是歌功颂德的,要文气舒缓,辞采华茂。论文是评论是非、褒贬功过的,文意要精密细微,言辞要锋利有力。奏章是臣子向君主陈情叙事的,文辞要和平透彻,雍容典雅。辩说是用来说服别人的,言辞要冠冕堂皇,诱惑力强。虽然各类文体在立意和修辞上有这些区别,但它们都要意正辞雅。只要辞明意达,把道理讲清楚,并不要求篇幅的冗长。

　　文章复杂多变,文体格式也常变化。运思立意要新巧,遣词造句要重修饰。至于声律的互相协调更替,就像五色调配得当而显得鲜艳一样。声调变化多端,本来就不易配置得适当;如果通晓它的变化规律,就会像泉水引入河流那样滔滔不绝。如果不按它的规律变化而牵强附会,辞意就会混乱颠倒,犹如错配颜色,污浊而不鲜艳。

有的后段与前段的辞意发生矛盾,有的前段侵犯了后段的辞意,有的言辞拙劣而文理还好,有的言辞顺畅而内容错杂。把那些不协调的辞与意分开来,对两方面都好;如果堆砌在一起,那就互相都受到伤害。因此在写作上考辞选义要严格认真,仔细考究字句的优劣,在极细微处也要分别取舍。对自己写成的文章要认真检查斟酌,有不妥的内容和言辞要修改纠正,使它尽善尽美。

有的文章言辞丰富,内容纷繁,但中心不明确。一篇文章不能有两个中心。多了反而没有什么好处。全篇文章要有"立片言而居要"的警句,使中心突出,虽然文章的辞句井井有条,也必须有警句才能显出效果。文章的辞句有条理又有功力,累赘的辞句少了。这才是一篇不可改动的佳作。

有的文章辞藻文思像锦绣那样细密美丽,风格清新,色彩鲜明。有的文章辞藻富丽,像彩绣那样绚烂夺目;其感情真切,像激越的琴声般动人。但写得没有特色,和前人的作品差不多。作者虽然独出心裁,但也应注意他人是否在先前写过了,如果雷同,那就近于剽窃。虽然作者心爱这篇文章,也该把它舍弃。

有的句子像开放的芦花,挺立的禾穗,在一篇中超群出众;这些佳句不可多得,它像影子般难以捕捉,音响般难以系留。这些佳句突兀独耸,一般的词语很难和它相称。因为寻找不到合适的句子与它相配,想把它删去又犹豫不决,舍不得割爱。一篇中佳句虽少,但它能使文章生色,就像宝玉能使山岳生辉,明珠会增加山水秀丽。连那些没有修剪过的榛枝,也因有翡翠鸟的栖居而增光,文章中有少量佳句,犹如把《下里巴人》同《阳春白雪》配在一起,虽两者不可相比,也有益于演奏,能使之更加奇丽。

有的文章很短,文情不多。孤立地说几句,它和上、下、左、右联系不起来。从上面向下视,冷寂无人,从下面向上望,则空旷无依。就像弹琴时把琴的一根弦收得很紧,即使发出激越的声音,而没有其他弦的配合,像清唱没有伴奏一样单调。

有的文章把佳句和无力之句混淆,辞句虽美而没有光辉,美丑混合成一篇,好的文辞也受到连累。就像庙堂下的管声吹奏得太快,曲调虽与堂上歌舞相应,但节奏不同,也很不和谐。

有的文章不顾文意去追求新奇,徒然寻求藻饰和追求细枝末节,语言没有真情实感,辞句飘浮空泛,没有根基。就像弦短调急,其音清越,也不会感动人。

有的文章放纵不羁,一味追求繁音艳词,只图迎合庸俗的胃口,所以声调虽高而曲品低下,可见《防露》《桑间》这类乐曲,纵然悲切感人,然却很不雅正。

有的文章文辞清淡简朴,删去不当的描写和修饰,就像白水煮肉没有滋味,又像庙堂上的琴瑟,弹奏的都是质朴的古调,虽然一人唱三人和,但它雅而不艳,缺乏动人的艺术魅力……

灵感到来,文思畅达之际,挡也挡不住;而文思逝去时,留也留不住。文思枯竭,就像影子一样消灭;到来的时候,就似声响的突破。天机悟性突然触动,文思涌来,多得理也理不清。那胸中的思绪像风一样向外吹出,言辞就像泉水似的从唇边流出。文思像繁茂的草木,前后相继,纷至沓来,只能挥毫来表现了。这样就会文采华美,目不暇接;音韵清越,耳不暇闻。等到文思阻塞时,六情滞涩,心神不安,呆立如枯木,空虚得像干涸的河流。于是又要聚精会神去探索奥妙,振作精神去搜求文思。文理隐晦时愈找愈找不到,文思阻塞时就似抽丝般断断续续。所以,有时用心去思索还是悔恨很多,有时信手写来,缺点倒很少。虽然文章在人去作,但有时再用心也作不好。因此有时情怀空虚,原因是没有认识到文思的开通和闭塞的原由!

写文章的功用,在于表现万物之理。文章可以把作者的思想感情留传到万里之外,而不受疆域的限制,可作为沟通古今亿万年的桥梁。优秀的文章可以振兴文、武之道,宣扬圣人的教化,使之永世不灭。多么广泛的范围,多么精微的道理,文章都可以包括进来。文章可以与滋润万物的雨露相媲美,它出幽入微,像神灵般变化莫测。它可以铭刻在金石上,将功业德行传播四方,配上音乐,可以与日月常新。

二、重要文论观点

艺术构思说:如何进行艺术构思,是《文赋》探讨的重点问题。

序言中所说的"意称物"阶段,主要是指艺术创作的构思过程,它又包括:

构思准备(艺术体验——"眼中之竹")。

这就是《文赋》正文的第一段所论述的内容。

伫中区以玄览,颐情志于典坟。遵四时以叹逝,瞻万物而思纷。悲落叶于劲秋,喜柔条于芳春。心懔懔以怀霜。志眇眇而临云。咏世德之骏烈,诵先人之清芬。游文章之林府,嘉丽藻之彬彬。慨投篇而援笔,聊宣之乎斯文。

作者须置身于宇宙之中,广泛地观察事物,并吸收前人名著的精华来颐养自己。循着四季的推移而感叹光阴易逝,看到万物的变化便引起文思。秋风萧瑟,木叶枯落,就感到悲伤;阳春将至,嫩枝萌发,就觉得喜悦。心怀纯洁,像凛冽的严霜;志趣高尚,像天上的彩云。赞美世代有美德的人;歌颂先贤的丰功伟绩。博览库藏的古今书籍;赞赏情文并茂的佳作。有了深刻的感受,合上书本,拿起笔来,试着把自己的内心感受写成文章。

这是一段很精彩的阐述,陆机着重强调玄览、虚静的精神境界和知识学问的丰富积累两方面的内容。提出创作构思的前提条件是,既要深深地观察作为创作对象的外界事物,同时又要饱读前人的诗书,从中陶冶自己的心胸,这样才能写出高境界的文章作品。

构思阶段(艺术构思——"胸中之竹"),

至于到正式的艺术构思阶段,陆机是这样论述的:

其始也,皆收视反听,耽思傍讯。精骛八极,心游万仞,其致也,情瞳昽而弥鲜,物昭晰而互进。倾群言之沥液,漱六艺之芳润。浮天渊以安流,濯下泉而潜浸。于是沉辞怫悦,若游鱼衔钩,而出重渊之深;浮藻联翩,若翰鸟缨缴,而坠曾云之峻。收百世之阙文,采千载之遗韵。谢朝华于已披,启夕秀于未振。观古今于须臾,抚四海于一瞬。

文章开始构思的时候,要集中心思,专心致志,深思熟虑,旁求博采,让想象张开翅膀,在广阔的天空翱翔。当文思到来时,思绪由朦胧而渐趋明朗。事物也因思绪明朗而越来越纷纷地进入脑海。用尽诸子百家的言语精华,吮吸六艺中最芳润的文辞,让想象飞到天河里安然浮游,也可以潜入到渊泉里去浸润。当构思成熟要用文辞把它表达出来的时候,有时会感到吐辞艰涩,象把上钩的鱼从深渊里拉出来,慢吞吞的老不出水。有时又很容易,美词隽语接踵而来,像高飞的鸟中箭从云端里坠落下来。要广收历代遗留下来的散文,博采千百年留下的韵文。前人使用过的辞意像晚上才绽开的花蕾,要让它盛开,艺术想象,片刻之间,可纵观古今,也可以历览四境。

开头几句是讲艺术构思之始,一定要进入一种用志不分的虚静的精神状态,接下来谈艺术构思的过程,主要是阐述艺术想象的特点,可以说更为精辟。涉及了从想象活动的开始到艺术形象的构成及其用语言文字使其物质化的全过程。情与物在想象过程中的结合是艺术构思的必然结果。当艺术意象在作家的思维过程中形成之后,就需要用语言文字作为物质手段,使它具体地呈现出来。为了寻找最精彩的,最能充分地表现构思中艺术意象的语言文字,就要"倾群言之沥液,漱六艺之芳润",上天下地,无所不至,并且,它还应当具有独特的独创性。

艺术表现说:文学创作中的艺术表现,是和艺术构思阶段密切难分的,但大体上还是有个先后的层次,也就是《文赋》小序中所揭示出的"意称物"和"文逮意"的区别。艺术表现阶段主要是解决"文逮意"的问题。陆机对这一层次的论述,是在《文赋》正文的第三段:

然后选义按部,考辞就班。抱景者咸叩,怀响者毕弹。或因枝以振叶,或沿波而讨源。或本隐以之显,或求易而得难。或虎变而兽扰,或龙见而鸟澜。或妥帖而易施,或岨峿而不安。罄澄心以凝思,眇众虑而为言。笼天地于形内,挫万物于笔端。始踯躅于燥吻,终流离于濡翰。理扶质以立干,文垂条而结繁。信情貌之不差,故每变而在颜。思涉乐其必笑,方言哀而已叹。或操觚以率尔,或含毫而邈然。

构思成熟后,要按部就班地谋篇布局,遣词造句。要尽量掌握描写对象的形象和声音。写法上,可以"因枝振叶",由本及末;也可以"沿波讨源"由表及里地叙述。或者从隐晦深奥之处入手,逐步阐述;或者由浅显之处入手,层层深入。有了形象非构思,有时像虎吼兽奔,有时像龙舞鸟飞。文章遣词,有时随手拈来,选择适当;有时较为困难,推敲再三还是扦格不合。静下心来思考,将各种思绪概括地组织成文,把宇宙的一切囊括在形象之内,收取万物表现在笔端。开始写作前,徘徊不前,吐辞艰涩。酝酿成熟之后,文思顺利地从笔端流出。文章之意就像树木的主干,能使树木直立起来;文辞就像枝条和果实,附于主干之上。真正达到内情和外貌相应,内容便会在形式中表现出来。心里高兴就会露出笑容,遇到哀伤就会叹息。有时提起笔来一挥而就,有时含着笔尖却苦思不得。

创作中的艺术表现阶段,包括如何安排文意和文辞两个方面,即"选义按部"和"考辞就班",或者更准确地说,是如何运用文辞来把握文意的问题。陆机论述了在艺术表现过程中可能会出现种种复杂情况,主张作家要因情适宜,妥善地谋篇布局,形诸笔墨。他的艺术表现理论,阐述得同样精彩。

《文赋》的文学创作理论内容非常丰富,除上面所分析的艺术构思和艺术表现两大概括性的论述之外,文中还包括具体的表现技巧层面上的文术论。

文体风格说:中国古代文论里的文体风格论,是从上面讲到的曹丕《典论·论文》正式开始的(即"四科八体"说)。但曹丕论述的毕竟简略,到陆机的《文赋》中,就把这一理论又向前推进了一步。这体现在正文的第五段:

诗缘情而绮靡,赋体物而浏亮。碑披文以相质,诔缠绵而凄怆。铭博约而温润,箴顿挫而清壮。颂优游以彬蔚,论精微而朗畅。奏平彻以闲雅,说炜晔而谲诳。

诗是抒发感情的,文辞要绮丽华美。赋是铺陈事物的,要明白流畅。碑文是记叙功德的,立言要与人相称。诔文是哀悼死者的,言辞要缠绵悲怆。铭文是规诫褒赞的,要辞简意赅而温和柔顺。箴文是讽刺得失的,辞意要抑扬顿挫,文清理壮。颂赞是歌功颂德的,要文气舒缓,辞采华茂。论文是评论是非、褒贬功过的,文意要精密细微,言辞要锋利有力。奏章是臣子向君主陈情叙事的,文辞要和平透彻,雍容典雅。辩说是用来说服别人的,言辞要冠冕堂皇,诱惑力强。

从这种论述可以见出,陆机提出的这个"十体"说,一是比曹丕的"四科八体"说更加细致,更加准确。二是在各类文体的具体排名次时,曹丕是将纯文学的"诗""赋"二体排列在八体最后,而把朝廷的应用文体"奏"和"议"放在最前;到陆机的文体论,则把这种次序完全颠倒过来了,最先排列的是"诗"和"赋",最后才是"论""奏""说",它说明陆机对审美文学的认识和重视确实比曹丕前进了一步。三是陆机在这里概括十类文体的审美特征时,也远比曹丕具体准确,可以说是地道的文体风格理论了。

"诗缘情而绮靡"说:"诗缘情而绮靡"说有非常重要的意义和影响。陆机把当时最重要的文体——诗歌的审美特征概括为"诗缘情而绮靡",成为千古名言。

所谓"诗缘情"就是说诗歌是因情而发的,是为了抒发作者的感情的,这比先秦和汉代的"情志"说又前进了一步,更加强调了情的成分。这是魏晋时代文学自觉的重要表现。

陆机讲"诗缘情"而不讲"言志",实际上起到了使诗歌的抒情不受"止乎礼义"束缚的巨大作用。而尽管有少数封建正统文人对这一理论命题颇有微词,但是绝大多数诗人和文论家都认同这一深刻而又精辟的著名诗学命题。

陆机又讲"赋体物而浏亮","体物"就是要描绘事物的形象。"缘情""体物"就是要诗赋的文学作品注重感情与形象,说明陆机对文学的艺术特征的了解又在前人基础上大大深入了一步。

《文赋》还有其他特色:论述了作家个性和文学风格多样化的关系。

故夫夸目者尚奢,惬心者贵当。言穷者无隘,论达者唯旷。作家的才华和个性不同,作品风格也不同。所以善于夸张描绘的作家,崇尚浮艳;长于透彻说理的作家,注意严密。文辞局促简明的作家,文章格局狭隘;论述朗畅的作家,文章气势通达。

提出艺术技巧方面的几个原则,即构思巧妙、辞藻华美和语言音乐美。

其会意也尚巧,其遣言也贵妍。暨音声之迭代,若五色之相宣。运思立意要新巧,遣词造句要重修饰。至于声律的互相协调更替,就像五色调配得当而显得鲜艳一样。

提出了定去留、立警策、戒雷同、济庸音等具体写作方法。

提出了"应""和""悲""雅""艳"的文学作品艺术美的标准。

对灵感的表现和获得做出了说明。

刘勰的《文心雕龙》

刘勰,不但是南北朝时期,而且也是整个中国古代文论史上最杰出最伟大的文学理论家。他所撰写的《文心雕龙》一书,多方面地总结了前人关于文章写作和文学创作的经验,同时最广泛地汲取了前人的文学和美学思想,从而构筑成了中国文论史上最全面、最系统的文学理论体系。并且,这部著作在世界文论史和美学史上,也占有相当重要的地位,这已经是中外学者们的共识。例如,鲁迅先生就曾把《文心雕龙》和西方美学的奠基之作——亚里斯多德的《诗学》相提并论,共誉为世界文论的楷模:

东则有刘彦和之《文心》,西则有亚里斯多德之《诗学》,解析神质,苞举洪纤,开源发流,为世楷式。

——鲁迅《诗论题记》

又如日本学冠东西的著名学者兴膳宏先生也说:

《文心雕龙》规模宏大,体制详备,是中国文学批评史上了不起的杰作。在西欧早期的古典文艺理论中,如亚里斯多德的文艺理论,就没有《龙》著那样的系统性。

——兴膳宏《文心雕龙在日本》

一、《文心雕龙》构成

《文心雕龙》全书由五十篇论文组成,共约三万七千多字。根据作者刘勰在最后一篇《序志》中的介绍,以及我们披卷可见的实际情况,这部著作确实有着严密的内在理论体系:

前五篇《原道》《征圣》《宗经》《正纬》《辨骚》,是全书的总论,即刘勰自

己所说的"文之枢纽(关键)";

从第六篇《明诗》到第二十五篇《书记》,是 20 篇文体分论,即刘勰自己所谓的"论文叙笔";

从第二十六篇《神思》,到第四十九篇《程器》,是专论各种文学思想,包括创作论、风格论、鉴赏批评论、文学史论、作家论等等;

最后第五十篇《序志》,相当于全书的序言。

二、重要文论观点

《文心雕龙》一书中阐述的文学理论非常丰富,理论难点也多。

"原道"说:这是刘勰关于文学的根本性质的理论,集中体现在全书第一篇《原道》,特别是《原道》的开篇第一大段,精彩地论述了这个文学理论中的重大问题:

> 文之为德也大矣,与天地并生者何哉!夫玄黄色杂,方圆体分,日月叠璧,以垂丽天之象;山川焕绮,以铺理地之形;此盖道之文也。仰观吐曜,俯察含章,高卑定位,故两仪既生矣;惟人参之,性灵所钟,是谓三才。为五行之秀,实天地之心,心生而言立,言立而文明,自然之道也。傍及万品,动植皆文,龙凤以藻绘呈瑞,虎豹以炳蔚凝姿;云霞雕色,有逾画工之妙;草木贲华,无待锦匠之奇;夫岂外饰,盖自然耳。至于林籁结响,调如竽瑟;泉石激韵,和若球锽;故形立则章成矣,声发则文生矣。夫以无识之物,郁然有彩,有心之器,其无文欤!

"文"作为规律的体现多普遍!一有天地就有文了,这话怎讲呢?从混沌初开,天地形成之后,日月便如双璧,高悬在天,光芒四射;山川便如锦绣,分布在地,条理分明。这大概便是体现着自然之道的文了。仰观天上呈现着美丽的景色,俯视地上饱和着绚烂的风光,可以知道天地高下的位置是确定了的,构成这宇宙的两种主体已经产生了。后来加上了集中表现了聪明才智的人,与天地并列为三,便叫作三才。人是万物的精英,是天地的核心。产生了这作为天地核心的人类,便创造了语言;创造了语言,便出现了文学。

这是自然的道理。推而至于万物,无论动物植物,都有其光彩。龙凤凭着鲜艳的麟羽呈现着瑞色,虎豹凭着斑斓的文采构成了英姿。云霞的设色,其美妙超过了画家的点染;草木的开花,其奇丽不必依靠织锦工人的加工。这些难道是人为的粉饰么?只是自然的文采罢了。至于林中万籁所构成的音响,好像竽瑟相应;泉石冲击所发出的韵律,有如钟磬相和。所以具备了形体,便构成了纹理,发出了声响,便谱成了韵律。无知的物类,尚且斐然成章,有感情的人类,难道就偏偏无文吗?

这是一段思辨性很强、同时又极富于才情文采的论说。以这段话为主,刘勰的"原道"说穷根尽源地探索了文学乃至全部人文的深层本质,这就是,从终极意义上说,包括文学在内的所有人文,和天文、地文、以及宇宙万物之文一样,统统都是最深层的事物的本体大"道"之文,也就是"道"的具体表现形态。

注意"道"和"文"都有广义和狭义两种含义。

广义的道:宇宙万物内在的普遍自然规律。广义的文:宇宙万物的表现形式。

狭义的道:儒家的社会政治之道。狭义的文:"人文",用语言文字来表达的文章。

刘勰认为儒家的社会政治之道,是作为普遍自然规律的哲理之道的体现,人文作为道的体现,和广义的天地万物之文是一致的。

"神思"说:是《文心雕龙》创作论之首篇。

古人云:"形在江海之上,心存魏阙之下。"神思之谓也。文之思也,其神远矣。故寂然凝虑,思接千载,悄焉动容,视通万里;吟咏之间,吐纳珠玉之声,眉睫之前,卷舒风云之色:其思理之致乎?故思理为妙,神与物游,神居胸臆,而志气统其关键;物沿耳目,而辞令管其枢机。枢机方通,则物无隐貌;关键将塞,则神有遁心。是以陶钧文思,贵在虚静,疏瀹五藏,澡雪精神;积学以储宝,酌理以富才,研阅以穷照,驯致以绎辞;然后使玄解之宰,寻声律而定墨;独照之匠,窥意象而运斤:此盖驭文之首术,谋篇之大端。夫神思方运,万涂竞萌,规矩虚位,刻镂无形;登山则情满于山,观海则意溢于海,我才之多少,将与风云而并驱矣。方其搦翰,气倍辞前,暨乎篇成,半折心始。何则? 意翻空而易奇,言征实而难巧也。是以意授于思,言授于意,密则无际,疏则千里;或理在方寸,而求之域表,或义在咫尺,而思隔山河:是以秉心养术,无务苦虑,含章司契,不必劳情也。

古人说:"身虽隐居在江湖之上,心思却在朝廷之中。"这就叫作想象活动。文章的构思活动,想象是很广阔的。作者静静地思索时,思路就会想到千年以前的历史;当他悄悄地改变脸部表情时,视线好像看到了万里以外的情景;吟咏之间,耳边好像听到珠玉相碰一样悦耳的声音;凝想之时,眼前好像呈现出风云变幻的景色。这就是构思时想象活动所得到的成果! 所以构思的妙用,能使作者的主观精神与外界物像紧密结合,一起活动。精神蕴藏在内心,受思想感情的支配;物像反映到耳目中来,靠语言来表现。如果文辞通畅,那么事物的形象就可以得到明确的反映;如果思路受到阻塞,那么精神就不集中了。所以在构思的时候,重要的是清虚和宁静,使内心畅通,精神净化。平时还要如同储藏珍宝一样积累知识,学会辨明事理来增强才智,加强研究观察,透彻了解事物,训练情致,恰切地运用文辞。然后使通晓奥妙之理的头脑,依声按律来进行写作。这正如一个有独到见解的工匠,根据想象中的形象而运用工具一样。这是写作的主要方法,也是谋篇布局的重要方面。在构思开始的时候,各种意念都涌上心头,要使抽象的概念具体化,把无形的事物刻画出来。作者想象登山,心里便充满着高山的景色;想象观海,胸中便洋溢着大海的风光,不管才华多少,他的构思都将与风云一样驰骋。刚提笔撰文,真是气势百倍,等到文章写成后,比预想的打个对折,为什么会有这种现象呢? 因为想象可以自由驰骋,容易想得出奇,语言却比较实在,不易见巧。可见意象受思想的支配,语言受意象的支配。三者密切结合就天衣无缝,否则就远隔千里。有时道理就在自己心里,却到域外去寻

汉魏六朝文

找;有时意义就在眼前,却又像远隔山河。所以,要训练思维,锻炼技巧,不要苦思冥想:有了一定的文采,又掌握好写作规律,就不必劳苦自己的心思了。

《神思》篇列《文心雕龙》创作论之首,重点论述了:

艺术思维中的想象问题。

提出了"思理为妙,神与物游"(所以构思的妙用,能使作者的主观精神与外界物像紧密结合,一起活动)的创作观。

志气和辞令在想象活动中的作用,即想象活动的动因和结果。

思维和语言的非对应关系。

方其搦翰,气倍辞前,暨乎篇成,半折心始。何则? 意翻空而易奇,言征实而难巧也。

刚提笔撰文,真是气势百倍,等到文章写成后,比预想的打个对折,为什么会有这种现象呢? 因为想象可以自由驰骋,容易想得出奇,语言却比较实在,不易见巧。

"体性"说:夫情动而言形,理发而文见,盖沿隐以至显,因内而符外者也。然才有庸俊,气有刚柔,学有浅深,习有雅郑,并情性所铄,陶染所凝,是以笔区云谲,文苑波诡者矣。故辞理庸俊,莫能翻其才,风趣刚柔,宁或改其气事义浅深,未闻乖其学;体式雅郑,鲜有反其习;各师成心,其异如面。若总其归涂,则数穷八体:一曰典雅,二曰远奥,三曰精约,四曰显附,五曰繁缛,六曰壮丽,七曰新奇,八曰轻靡。典雅者,镕式经诰,方轨儒门者也。远奥者,馥采典文,经理玄宗者也。精约者,核5字省句,剖析毫厘者也。显附者,辞直义畅,切理厌心者也。繁缛者,博喻酿采,炜烨枝派者也。壮丽者,高论宏裁,卓烁异采者也。新奇者,摈古竞今,危侧趣诡者也。轻靡者,浮文弱植,缥缈附俗者也。故雅与奇反,奥与显殊,繁与约舛,壮与轻乖,文辞根叶,苑围其中矣。若夫八体屡迁,功以学成,才力居中,肇自血气;气以实志,志以定言,吐纳英华,莫非情性。

感情激动了,就要形之于语言,道理叙述出来便会形成文章。这就是从隐蔽到明显、内外相符啊。不过,人的才干有平庸和杰出之分,气质有刚强和柔和之别,学识有浅薄与深刻的差异,习染有典雅和庸俗的不同。所有这些,都是为性情所熔铸,因陶冶习染而酿成。所以文学作品便像是云气和波涛那样变化多端,从而出现各种各样的风格。因此,文辞和思理的平庸或杰出,不会背离作家的才华;风格、趣味的刚健、柔和,不能违背作家的气质;事理和义理的深浅,从未听说可以离开一个人的学识;体制的雅正和浮靡,也很少违反各自的习染。所有文章都一本作者的性情。作品风格的差异,就像作家不同的面目一样。

如果归纳才、气、学、习交互为用的结果,就可以全部包括在八种格式之中。第一是典雅,第二是远奥,第三是精约,第四是显附,第五是繁缛,第六是壮丽,第七是新奇,第八是轻靡。典雅,就是取法古代经典,仿效儒家的作品。远奥,就是文辞深奥而曲折,以玄学为归依的。精约,就是语言简练,分析深入的。显附,就是文辞直截了当,内容晓畅平易,切合事理,令人信服的。繁缛,就是比喻众多,富有文采,光彩闪耀,错综复杂的。壮丽,就是议论高超,体制宏伟,有特异光辉的。新奇,就是排斥异统,标新立异,破坏正确法则而流于怪诞的。轻靡,就是语言浮华,内容浅薄,虚飘朦胧,沉溺于世俗不良文风的。因此,典雅与奇异相反,深奥与明朗有别,繁冗与简约相违,雄壮与轻浮背离。文章内容和形式的风格特点,就都包括在这里了。

在《体性》篇中,刘勰涉及了文学作品的体裁风格与作家才能个性之间的关系。

文学作品的体与性之间有着必然的内在联系。

夫情动而言形,理发而文见,盖沿隐以至显,因内而符外者也。

感情激动了,就要形之于语言,道理叙述出来便会形成文章。这就是从隐蔽到明显、内外相符啊。

"体"有两层意思,一是指体裁形式,如诗、赋、赞、颂等不同体裁;二是指文学作品的风格特点。"性"是指作家的才能和个性。文学作品的体与性之间有必然的内在联系。

作家个性形成有四个方面的因素,即才、气、学、习。

然才有庸俊,气有刚柔,学有浅深,习有雅郑,并情性所铄,陶染所凝,是以笔区云谲,文苑波诡者矣。

人的才干有平庸和杰出之分,气质有刚强和柔和之别,学识有浅薄与深刻的差异,习染有典雅和庸俗的不同。所有这些,都是为性情所熔铸,因陶冶习染而酿成。所以文学作品便像是云气和波涛那样变化多端,从而出现各种各样的风格。

至于个性的形成;刘勰提出有四个方面的因素;才、气、学、习。才,才与气是先天的,才指作家才能;气,指作家的气质个性;学和习是后天的,学指作家的学识,习指作家的学习。刘勰实际上把后天的学和习放在先天的才和气之上。对先天禀赋和后天培养,刘勰能够兼顾而不偏废。这种认识比曹丕强调先天禀性的认识大大前进了一步。

文学作品风格的多样化,正是作家个性才能各不相同形成的必然结果。

故辞理庸俊,莫能翻其才,风趣刚柔,宁或改其气事义浅深,未闻乖其学;体式雅郑,鲜有反其习;各师成心,其异如面。

因此,文辞和思理的平庸或杰出,不会背离作家的才华;风格、趣味的刚健、柔和,不能违背作家的气质;事理和义理的深浅,从未听说可以离开一个人的学识;体制的雅正和浮靡,也很少违反各自的习染。所有文章都一本作者的性情。作品风格的差异,就像作家不同的面目一样。

文学作品风格的多样化,正是因为作家个性各有不同。反之,"文如其人"正是风格与人格的统一。

把纷繁复杂的文学风格归纳为八种基本类型,并两两相对。把对风格的研究推向深入。

"风骨"说:诗总六义,风冠其首,斯乃化感之本源,志气之符契也。是以怊怅述情,必始乎风;沈吟铺辞,莫先于骨。故辞之待骨,如体之树骸,情之含风,犹形之包气。结言端直,则文骨成焉;意气骏爽,则文风清焉。若丰藻克赡,风骨不飞,则振采失鲜,负声无力。是以缀虑裁篇,务盈守气,刚健既实,辉光乃新,其为文用,譬征鸟之使翼也。故练于骨者,析辞必精;深乎风者,述情必显。捶字坚而难移,结响凝而不滞,此风骨之力也。若瘠义肥辞,繁杂失统,则无骨之征也;思不环周,牵课乏气,则无风之验也。

《诗经》包含六种体例,其中居首要地位的就是风。这是教育、感化的源泉,是诗人感情、气质的依据。悲伤怅恨,需要抒情,就一定得从风出发;思索沉吟,要用语言表达,就没有比骨更重要的了。语言依存于骨骼一样的思想内容,就好像身体的支撑要靠着骨架子;作品中的感情,也包含着长风一般的力量,正如人的形骸里面运行着血气。但也要语言运用得准确,文章的骨骼才撑得起来;有充沛的感情和崇高的气质,文章的风力才能清越骏发。

如果辞藻华赡,但风骨萎靡,那么文采的呈现,便失却了它的鲜艳;声律的讲求,便显得软弱无力了。因此构思为文,布局谋篇,必须尽量保持崇高的气质。风骨果然刚健,作品才能光辉灿烂,万古常新。它对文学创作的作用,正如高飞远扬的鸟儿之使用翅膀。凡是骨髓凝练的,语言的表达就必然精妙;风力深厚的,感情的抒发就必然显豁。文字锤炼,确切难移,声律安排,厚重而不壅滞,这就是风骨的功力了。如果内容贫乏,语言臃肿,驳杂不纯,没有中心,那就是没有骨骼的症候了;如果是文思不畅,感情枯竭,毫无生气,那就是没有风力的迹象了。

刘勰在《风骨》篇中提出他著名的风骨论。风骨,是刘勰文学批评中的重要概念,对后世文学产生了深远影响。

"风骨"的内涵,说法纷纭,现代著名学者黄侃在《文心雕龙札记·风骨》篇中说:"风即文意,骨即文辞。"教材认为:风当是一种表现得鲜明爽朗的思想感情;而骨则当是一种精要劲健的语言表达。"风"和"骨"是相辅相成的,无"风"则无"骨"，"风"和"骨"不可能单独存在。从某种意义上看，风骨可以看作是文学作品的某种艺术风格，但不同于体现作家个性的一般意义上的艺术风格，如典雅、远奥等，它具有普遍性，是文学创作中作家普遍追求的审美特征，也是文学作品在内容与形式上应具有的风貌。

"风骨"说对后人产生了深远的影响。后代创作家和文论家无不标榜"风骨"以反对柔靡繁缛的文风。

汉魏六朝文

钟嵘《诗品》

　　《诗品》与《文心雕龙》一起,代表了齐梁时期文学批评的最高成就。

　　与《文心雕龙》就文章立论不同,《诗品》专就五言诗立论,更接近纯粹的文学批评。其文学思想主要表现为:

　　"性情"说:诗歌的本质是表达人的感情。

　　首先,对诗歌和人的感情的关系有深刻的认识

　　诗歌是人的感情的产物,又反作用于人的感情。

　　其次,对文艺和现实的关系作了正确的解释。

　　指出造成诗人性情摇荡的原因,是自然和社会生活对诗人的感发触动。

　　气之动物,物之感人,故摇荡性情,形诸舞咏。照烛三才,晖丽万有,灵祇待之以致飨,幽微藉之以昭告。动天地,感鬼神,莫近于诗。

　　气候使景物发生了变化,自然景物又感染了人,所以被激荡起来的感情,就表现在舞蹈和歌咏之中。诗照耀天、地、人,辉映万物,神灵依靠它受到祭祀和祝告,幽深微妙的意旨也要凭借它来阐明。感动天地、感动鬼神,没有比诗更适合的了。

　　若乃春风春鸟,秋月秋蝉,夏云暑雨,冬月祁寒,斯四候之感诸诗者也。嘉会寄诗以亲,离群托诗以怨。至于楚臣去境,汉妾辞宫。或骨横朔野,魂逐飞蓬。或负戈外戍,杀气雄边。塞客衣单,孀闺泪尽。或士有解佩出朝,一去忘反。女有扬蛾入宠,再盼倾国。凡斯种种,感荡心灵,非陈诗何以展其义?非长歌何以骋其情?故曰:"诗可以群,可以怨。"使穷贱易安,幽居靡

闷,莫尚于诗矣。

至于春天的和风飞鸟,秋天的皎月鸣蝉,夏天的云雨,冬天的严寒。四季气候的这些变化,对诗歌是有影响的啊!欢聚时,寄情、景于诗表示亲热;离别时,托意于诗表示哀怨。诸如楚国的屈原离开郢都被流放,汉室的妃妾(王昭君)辞别汉宫。有的横尸于北方的荒野,孤魂追随着飘荡的荒草;有的带着武器在外守边卫国,显要的边境上杀气腾腾。征夫在边塞上穿着单薄的衣衫,闺中的寡妇流干了眼泪。或者仕途中有的人解下朝印,辞官归隐,一去不返;美女中有的扬眉顾盼,入宫受宠,回头再顾,倾国倾城。凡此种种,激荡人心,如果不用诗歌,凭什么表现它的意义?如果不放声歌唱,又怎能流露出感情?所以说:"诗,可以群,可以怨。"若要使穷困贫贱的人心安理得,隐居的人没有愁闷,没有比诗歌更好的了。

"自然英旨"说:钟嵘主张诗歌创作以自然为最高美学原则,提出"自然英旨"说。

至乎吟咏情性,亦何贵于用事?"思君如流水",既是即目;"高台多悲风",亦惟所见;"清晨登陇首",羌无故实;"明月照积雪",讵出经、史。观古今胜语,多非补假,皆由直寻。

大明、泰始中,文章殆同书抄。近任昉、王元长等,辞不贵奇,竞须新事,尔来作者,鲰以成俗。遂乃句无虚语,语无虚字,拘挛补衲,蠹文已甚。但自然英旨,罕值其人。词既失高,则宜加事义,虽谢天才,且表学问,亦一理乎。

若说到咏唱感情的诗歌,又何必以用典为贵?"思君如流水",就是写眼前所见;"高台多悲风",也只写看到的事物;"清晨登陇首",没有用典故;"明月照积雪",哪里是出自经史?试看古今佳句,大多不借用成语典故,都是直接描写所见所感。

在大明、泰始时期的文学创作,几乎同于抄书。近人任昉、王融等人,文辞不注重奇妙而争着用新颖的典故,以后的作者,用典渐渐成为风习。于是每字每句,没有无出处的虚话,虚字。拘束牵扯,到处填补拼凑,对文学创作的毒害极大。而诗歌写得自然精美的人却很少见了。文辞既不高明,那就只有加填掌故义理。这样做虽然够不上天才,却可以表现学问,这也是用典的一个理由吧!

"自然英旨"说主要包括下面的内涵:

强调感情真挚。诗歌既然主要是以抒情为主的,就应该感情真挚,不能有虚假的感情表现。

诗歌是抒发感情的,为了抒发真挚的感情,就应该反对掉书袋派和声律派,直以抒情为主。他说:"观古今胜语,多非补假,皆由直寻。""直寻"就是不假借用典用事,而是直接写景抒情。"直寻"说是钟嵘文学思想的核心。"直寻"与"自然英旨"在钟嵘的理论范畴里基本是一个意思。

钟嵘提倡诗要"直寻",即直接抒情叙事,使后人反对形式主义诗风有了理论根据。

"风骨"说:钟嵘强调诗歌创作必须以"风力"为主干,同时"润之以丹彩"。风力与丹彩均备,才是最好的作品。

钟嵘强调"建安风力",从他对"建安风力"的论述及所举的例子看,他为"风骨"树立这样一个标准:它具有慷慨悲壮的怨愤之情、直寻自然、重神而不重形以及语言风格明朗简洁、精要强健的特征。

其风骨论,特别是他强调建安风力,更为后人反对无病呻吟的柔弱诗风所标举,成为陈子昂诗歌革新运动的理论武器之一。

"滋味"说:把"滋味"作为衡量作品的重要尺度,使之成为古代文论中的基本审美范畴。

五言居文词之要,是众作之有滋味者也,故云会于流俗。岂不以指事造形,穷情写物,最为详切者耶!故诗有三义焉:一曰兴,二曰比,三曰赋。文已尽而意有余,兴也;因物喻志,比也;直书其事,寓言写物,赋也。宏斯三义,酌而用之,干之以风力,润之以丹彩,使味之者无极,闻之者动心,是诗之至也。若专用比兴,患在意深,意深则词踬。若但用赋体,患在意浮,意浮则文散,嬉成流移,文无止泊,有芜漫之累矣。

五言诗在诗歌中有重要的地位,是各种诗体中最有滋味的,所以适合世人的口味。这难道不是因为五言诗在叙述事理、描绘形象、抒发感情、写景状物方面,最为细致贴切吗?本来诗歌创作有三种方法:一是兴,二是比,三是赋。文辞有限而意味无穷,这是兴。借物喻志,这是比。直写其事,状物寄志,这是赋。充分发挥这"三义"的作用,适当加以使用,以风力为主干,加以辞藻的润饰;使玩味它的人,觉得余味无穷,听到它的讽刺心中深受感动,这是诗的最高造诣。假如作诗专用比兴,毛病在于意思深奥;意思深奥,文辞就不能顺畅。如果只用赋体,毛病在于意思浅薄;意思浅薄,文辞就松散,轻浮油滑,文辞无所依归,必然成为芜杂散漫的累赘了。

钟嵘《诗品》认为诗歌必须有使人产生美感的滋味,只有"使味之者无极,闻之者动心"的作品,才是"诗之至也"。

钟嵘是中国古代文论家中最早提出以"滋味"论诗的文艺理论批评家。要做到作品有深厚的"滋味",钟嵘提出"诗有三义"说,认为要使诗有"滋味",关键在于综合运用好"赋、比、兴"的写作方法。怎样综合运用"三义"呢?"三义"中,他又将"兴"放在第一位,并使"三义"综合运用,这就突出了诗歌的艺术思维特征。并且说:"宏斯三义,酌而用之,干之以风力,润之以丹彩,使味之者无极,闻之者动心,是诗之至也。"只有这样,才能写出有"滋味"的作品。

其"滋味"论也影响到司空图、严羽、王士禛、王国维等人的诗歌意境理论。

"诗有三义"说:"诗有三义"是钟嵘在《诗品序》里提出来的:"故诗有三义焉:一曰兴,二曰比,三曰赋。""三义"具体所指是什么呢?文中接着说:"文已尽而意有余,兴也;因物喻志,比也;直书其事,寓言写物,赋也。"用现在的话说,钟嵘的"兴",就是诗的语言要有言外之意,韵外之旨;"比",就是写景叙事要寄托作者自己的情志;"赋",就是对事物进行直接的陈述描写,但写物中也要用有寓意的语言。并且要综合运用这"三义",即如他所说的,要"宏斯三义,酌而用之,干之以风力,润之以丹彩,使味之者无极,闻之者动心",才是"诗之至也",才是最有"滋味"的作品。